鳴神—NARUKAMI—

鬼の風水 夏の章

岡野麻里安

white heart

講談社X文庫

目次

物紹介

●筒井卓也《つついたくや》

七曜会《しちようかい》に属する〈鬼使《おにつか》い〉の統領の息子。明朗活発な十八歳で、敵にさえも同情してしまう優しい心の持ち主。本人に自覚はないが、鬼を魅了《みりょう》するフェロモンを放っているため、幾度となく鬼に襲われ、喰《く》われかけている。かつての相棒で、現在も行動を共にしている篠宮薫とは恋人と言っていい関係だが、なぜか自分を避けるような態度を取る薫を前に、複雑な思いを抱いている。

●篠宮《しのみや》 薫《かおる》

鬼と人との間に生まれた十七歳の半陽《はんよう》鬼《き》。七曜会に所属する超一流の退魔師《たいまし》だったが、現在は登録を抹消《まっしょう》され、筒井家で保護観察処分中。卓也をとても大事に想っているが、愛しい相手を喰いたいという鬼としての究極の愛情と、愛する者を守りたいという人間の理性との狭間《はざま》で苦しむ。六月の事件で妹・透子が体調を崩してからは自分を制するため一層卓也を遠ざけている。

登場人

●青江《あおえ》
謎《なぞ》に包まれた半陽鬼。北《ほく》辰門《しんもん》、七曜会、鬼道界《きどうかい》の三方に追われ、熊野に潜伏中。

●篠宮透子《しのみやとうこ》
薫の妹。六月の事件で体内に陰《いん》の気を流し込まれたため体調を崩し、療養中。

●筒井野武彦《つついのぶひこ》
七曜会に所属する〈鬼使い〉の統領。療養中の透子をガードするため熊野に滞在中。

●渡辺聖司《わたなべせいじ》
平安時代に鬼を退治した渡辺綱《わたなべのつな》の末裔《まつえい》で卓也の叔父《おじ》。甥《おい》を溺愛し、薫を疎《うと》んじる。

●石榴《ざくろ》
青江に従う忠実な部下。卓也を想い、冷酷になりきれない青江を心配する。

●石墨《せきぼく》
熊野の山の中に棲《す》む老鬼。透子の中の陰の気を大地に還《かえ》す呪具を作れるのだが⁉

●筒井不二子《ふじこ》
筒井家の次女。華やかな美人だが、男勝りな性格。卓也らと共に熊野入りする。

●藤丸《ふじまる》
卓也が使役する式神《しきがみ》。五、六歳の愛らしい童子で、薫の幼い頃の姿を模《も》している。

イラストレーション／穂波《ほなみ》ゆきね

鳴神—NARUKAMI—

鬼《き》の風水《ふうすい》　夏の章

序章

雨音が急に強くなってきた。

八月初めの紀州《きしゅう》、熊野《くまの》である。

夜から明け方にかけて、今年二番目の台風が紀伊《きい》半島を通りぬけていく。

海沿いの高台に建つ屋敷の一室で、十八歳の少年、筒井《つつい》卓也《たくや》は夢をみていた。

＊　＊

夢のなかで、卓也は見知らぬ山をさまよっていた。半袖《はんそで》の白い綿シャツにジーンズという格好だ。

陽《ひ》に焼けた肌に、木漏《こも》れ日《び》がチラチラと揺れている。

日向《ひなた》は汗ばむほどの暑さだが、杉の巨樹のあいだは少し涼しい。

歩いていく卓也の耳に、轟《とどろ》くような水音が聞こえてくる。

滝が近くにあるらしい。

水辺から吹いてくる風は透きとおっていて、木々や草の葉をキラキラと光らせている。

周囲に生えている杉は、卓也の見慣れた関東の杉とは少し種類が違うようだ。葉がもこもこしているせいか、全体の輪郭が丸みを帯びていて優しい。

ふかふかした枯れ葉の積もる地面には、ところどころに大きな茶色の岩が突き出していた。

（また……あの夢だ……）

心地よいはずの風のなかに立って、卓也は不安に震えていた。

何か嫌なことが起きそうな気がする。

「おーい！　誰《だれ》かいねえのか⁉」

叫んでみても、応《こた》えはない。

その時、卓也の目の前をひらり……と黒揚羽《くろあげは》が通り過ぎた。

（あ……）

黒揚羽は「ついてこい」というように、ひらひらと飛びまわる。

卓也は少しためらい、滑りやすい苔《こけ》を踏んで黒揚羽の後から歩きだした。

黒揚羽についていけば、この夢からぬけだせるような気がしたのだ。

ほどなく杉林は途切れ、切り立った高い崖《がけ》と白く泡立つ滝が目に飛びこんできた。

近づいていくと轟くような音が大きくなる。

滝の水は滝壺《たきつぼ》に落ちて渦巻き、激しい急流となって右手の川に流れこんでいく。

川のこちら側の岸辺に石の鳥居が立っていた。鳥居の側《そば》に、対岸につづく丹塗《にぬ》りの橋が見える。

橋の上に、優美な人影がひっそりと立っていた。古代紫のスーツに包まれた、しなやかな肢体と闇色《やみいろ》の髪。

鬼と人のあいだに生まれた、半陽鬼《はんようき》と呼ばれる美しい生き物。

(薫《かおる》!?)

大切な友人で、恋人でもある少年を発見し、ホッとして卓也は人影に駆けよった。

滝の前を横切ると水飛沫《みずしぶき》を含んだ風がさーっと通りぬけ、肌や髪が冷たくなった。

「薫ーっ!」

橋の真ん中で、人影がゆっくりと振り向く。

(え……!?)

いつの間にか、相手は薫よりも背の高い青年に変わっている。

歳《とし》の頃《ころ》は二十一、二。身につけているのは、黒い中国服だ。

怖いほど整った顔に、銀ぶち眼鏡をかけている。肌の色は象牙色《ぞうげいろ》、やや長めの髪は暗褐色《あんかっしょく》。一度見たら、忘れられないほどの美貌《びぼう》の持ち主だ。

彼の名は、青江《あおえ》といった。

こちらは京都の陰陽師《おんみょうじ》や退魔師たちを束ねる組織、北辰門《ほくしんもん》によって生み出され、一流の退魔師となるべく育てられた半陽鬼である。

卓也が青江と出会ったのは、二ヵ月ほど前——六月のことだ。

個人的に会話したのは数えるほどだが、青江は卓也のことを気に入り、一方的に想いを募らせた。

六月の京都の戦いで、青江は卓也に自分のものになってほしいと言った。

そうすれば、味方になってもいいと。

だが、卓也はそれを拒んだ。

青江は薫の火竜の炎を浴びて火だるまとなり、時空の裂け目に吸いこまれて消えた。

そのはずだった。

「また会えましたね、卓也さん」

記憶に残る、やわらかな声がそっと言う。

京都の糺《ただす》の森《もり》の迷宮のなかで、卓也にむかって「あなたに側にいてほしい」と言った時と同じ瞳《ひとみ》で。

「青江……さん!?」

(なんで……!?)

飛んでいった黒揚羽は、吸いよせられるように青江の肩にとまった。

わけのわからない寒気が、背筋を這《は》いあがってくる。

まさか、誘いだされたのだろうか。

「オレになんの用だ?」

青江は優しい表情で、じっと卓也を見つめた。

「あなたに伝えたかったんです。あの時の気持ちは、変わっていないと。私は、今でも、あなたの力になってあげたいと思っているんです、卓也さん……」

白い手がのびてきて、卓也の腕をつかもうとする。

「やめろ!」

思わず、ふりはらうと、青江の手がパッと砕け、無数の黒い蝶《ちょう》に変わった。そのまま、蝶の群れは一気に卓也に襲いかかってくる。

「うわあああああーっ!」

悲鳴をあげて、卓也は飛び起きた。

*　　*

気がつくと、そこは薄暗い八畳の和室だった。

雨戸を叩《たた》く雨の音がする。

（夢か……）

卓也は、ほうっと息を吐いた。

常夜灯の淡い光が、布団と水色のタオルケットを照らしだしている。

隣にもう一つ、布団があり、そこには奇跡のように美しい少年が静かに眠っていた。

肌は雪白、漆黒の髪は周囲の闇に溶けこんで、ほとんど同化してしまっている。今は閉じている切れ長の目もまた、闇の色をしている。

普段は大人びて見える顔は、眠っている今は十七歳という年齢相応に見えた。

この少年が、篠宮《しのみや》薫だ。

退魔師としての腕は超一流だが、現在のところは日本全国の退魔師を統括する組織――七曜会《しちようかい》から登録を抹消され、自由に活動することはできなくなっている。

よほど熟睡しているのか、卓也が悪夢にうなされて飛び起きても、薫が目を覚ます気配はない。

（めずらしいな、こいつが起きねえなんて……）

少し怪訝《けげん》に思ったが、ともあれ、気づかれなかったことにホッとして、卓也はもう一度、深く息を吐いた。

本当に、嫌な夢だった。

まだ、胸の鼓動が鎮《しず》まらない。

先週まで、卓也は体調を崩し、旅先の京都の一軒家で療養していた。

薫とその妹、透子《とうこ》も一緒である。

卓也の父で鬼を使役する術者、〈鬼使い〉の統領、筒井野武彦《のぶひこ》も保護者として、三人につきそっていた。

卓也の叔父《おじ》も六月の事件で大怪我《おおけが》をしたため、やはり京都の病院に入院中だった。

叔父が退院するのを待って、卓也たちは合流し、療養のためにこの熊野にやってきたのだ。

京都を発《た》つ前夜、卓也は夢をみた。青江が出てくる悪夢だ。

夢のなかの情景は、そのたびに違う。

けれども、かならず青江が現れて、誘惑の言葉を口にするのだ。

さすがに、卓也も三回目くらいからはおかしいと思いはじめていた。

だが、熊野への移動の慌ただしさに紛れて、家族にも薫にも夢の話はできずにいた。

（なんで、青江がオレの夢に出てくるんだ？）

あのまま、青江が死んだはずはない。かならず、また戻ってくるから警戒するようにと、父や叔父から何度も注意されたせいだろうか。

それとも、これは何かの予兆なのか。

そう思って、卓也は首を横にふった。

(考えすぎだ。気にするから、夢に出てきちまうんだ。……忘れよう)

卓也は布団に横になり、目を閉じた。

そのまま、また不安な眠りに落ちていく。

＊　　＊

卓也の眠りが深くなった頃《ころ》、隣の布団に横たわる薫が目を開いた。

美しい顔には、今は不安の影があった。

(卓也……)

薫は枕《まくら》に頭をつけたまま、じっと闇を見つめた。

さっき、自分の夢のなかに流れこんできた卓也の夢が気がかりだった。

自分と透子以外の、唯一の半陽鬼、青江。

京都での事件の時、透子をさらい、呪具《じゅぐ》にしようとしたうえに、図々しくも、横から卓也に手を出そうとした青江を、薫は許すつもりはなかった。

(また、手出ししてくるか)

胸のなかで呟《つぶや》き、薫は音もなく布団から滑りでた。

隣の布団に眠る卓也は、目を覚まさない。

薫は、静かに卓也の寝顔をのぞきこんだ。

強い湿気のなかで、卓也の肌から、この世のものとも思えない甘い香りが立ち上っている。

それは鬼の血をひくものにしか感じられない、誘惑の香りである。

卓也自身は、自分の肌がこれほど甘く香っているとは知らない。

薫は息をひそめ、じっと動きを止めて、最愛の少年の寝顔を見つめつづけた。

かなうものならば、のしかかり、陽に焼けた首筋に口づけ、このしなやかな身体《からだ》の奥に熱い楔《くさび》を打ちこみたい。

卓也が快楽に我を忘れ、すがりついてくる顔を見たい。

しかし、不用意に触れれば、自分のなかの鬼としての欲望が暴れ出す。

卓也を抱くだけでは足りなくて、きっと喰《く》ってしまうに違いない。

薫には、それがわかっていた。

喰ってはいけない。

だから、触れてもいけない。

京都で、体調を崩して寝込んだ卓也を看病しながら、ずっと薫は自分にそう言い聞かせてきた。

少なくとも八月半ばまで、耐えねばならない。

行方不明の半年のあいだに、薫は死んだことにされ、人間界での生活の基盤を失っていた。

保護者である父はすでに亡《な》い。

薫は七曜会によって筒井野武彦に預けられ、三ヵ月間の保護観察処分を言い渡された。

その三ヵ月間の行動に問題がなければ、薫は再び七曜会に戻り、自由を手にすることができるのだ。

その保護観察期間も、あと半月ほどで終わる。

せめて、それまでは。

（あと半月……）

ゆっくりと、卓也の上に身を屈め、薫はわずかに目を細めた。

いけないと思うのに、どうして、こうせずにいられないのか。

卓也の唇にそっと唇で触れようとして、薫はふっと動きを止めた。

仰向けで寝ていた卓也が、薫のほうに寝返りをうつ。

「ん……」

目を閉じた寝顔は無防備で、薫のなかにわけのわからない優しい気持ちと凶暴な衝動を同時に引き起こす。

起きている時の卓也の眩《まぶ》しい笑顔や明るい声、自分の行動の一つ一つに反応し、めまぐるしく表情を変える瞳も魅力的だったが、手足を投げだし、自分の側で安心しきって眠る姿の愛らしさは格別だ。

どうして、この世にこんな生き物が存在するのだろう。

愛《いと》しくてたまらない。

薫は卓也の枕もとに座り、その寝顔をじっと見下ろした。

京都の夜に、幾度もそうやって過ごしたように。

自分も休まなければいけないとはわかっていたが、穏やかに呼吸しながら眠る卓也をいつまでも見ていたい。

雨の音が、いっそう激しくなってきた。

第一章　呪具《じゅぐ》〈桂花《けいか》〉

台風一過の青空が広がっている。

明け方まで雨が降っていたせいか、庭はまだ濡《ぬ》れていた。

大きな池の畔《ほとり》に、白い百合《ゆり》の花が揺れている。

湿気を含んだ強い風が、庭に面した十二畳の奥座敷を吹きぬけていく。

暦は、八月の初め。時刻は午前九時をまわったところだ。

天気予報によると台風の吹き返しのフェーン現象が起きているとかで、これから気温はどんどん高くなってくるという。

(暑っちいなあ……)

筒井卓也《つついたくや》は正座したまま、左腕を掻《か》いた。蚊《か》に刺されたかもしれない。

陽《ひ》に焼けた肌と光の加減で茶色に見えるやわらかな髪。頬骨《ほおぼね》の高い、目鼻だちのはっきりした顔をしている。キラキラ輝くアーモンド形の目は、不思議に人目を惹《ひ》きつける。

卓也は東京、新宿《しんじゅく》の花守《はなもり》神社の宮司《ぐうじ》の息子で、〈鬼使い〉一族の一人だ。

一年ほど前までは〈鬼使い〉としては落ちこぼれだったが、いくつもの苦しい戦いをくぐりぬけた今では、一人前の働きができるようになっていた。

だが、六人の姉や居候《いそうろう》の叔父《おじ》のいる大家族のなかで可愛《かわい》がられて育ったせいか、他人を信じやすく、敵に同情する癖がいつまでたってもぬけない。

「聞いてますか、卓也君？」

穏やかな声が聞こえてくる。

「はい！」

卓也は慌てて前をむき、ジーンズの膝《ひざ》の上に陽に焼けた両手をのせる。

床の間を背にして、白い狩衣《かりぎぬ》を着た美青年が座っていた。狩衣だけでも怪しいのに、黒髪を背中までのばし、首の後ろで結んでいる。

これが卓也の母方の叔父、渡辺聖司《わたなべせいじ》である。

平安時代に鬼を退治した渡辺綱《わたなべのつな》の末裔《まつえい》で、七曜会《しちようかい》に所属する優秀な退魔師だ。

卓也が小さな頃《ころ》から、ずっと花守神社の離れに居候しており、女性にモテるにもかかわらず、結婚して離れを出るつもりはないようだ。

性格は飄々《ひょうひょう》としていて、つかみどころがない。真面目な顔でとんでもない法螺《ほら》を吹く癖があり、卓也はしょっちゅうだまされては悔しい思いをしてきた。

今、聖司は六月に負った怪我《けが》のリハビリ中である。

七曜会の医者の話では、あと一、二ヵ月は退魔の仕事はできないだろうということだった。

「京都の事件から、そろそろ六週間……。ここに来て、四日目ですね。知ってのとおり、透子《とうこ》さんの調子があまりよくありません」

卓也をじっと見ながら、聖司が言う。

透子――篠宮《しのみや》透子はまだ十五歳だが、鬼道界の巫子姫《みこひめ》を母に持つため、その霊力はおそらく当代随一《とうだいずいいち》。

そのため、透子はしばしば鬼や人間から狙《ねら》われ、呪具にされそうになってきた。

もともと、透子は大阪の七曜会関西支部長のところで暮らしていた。

だが、その関西支部長が六月の事件で負傷したため、筒井家が透子を保護することになった。

兄の薫《かおる》も筒井家にいるので、透子にも特に不満はないようだ。

透子の不調の原因は、京都の事件で青江《あおえ》によって体内に流しこまれた大量の陰《いん》の気である。

透子の身体《からだ》から噴き出し、日本全国に拡散しようとした陰の気自体は止めたものの、流れこんだままの陰の気はまだ完全に消え失せたわけではない。

それをどうしたらいいのか、卓也にはわからなかった。

「透子さんをこのままにしておくわけにはいきません」

　穏やかな声で、聖司が言う。

　卓也は、キッと叔父の白い顔を見た。

「まさか、どっかに封印したほうがいいとか言うんじゃねえだろうな、叔父さん?」

　聖司は、時おり、卓也がびっくりするほど冷徹な物言いをする時がある。

　透子のことも感情を持つ一人の少女としてではなく、あきらかに、強すぎる力を持つ存在として見ている時がある。

　それは、退魔師として当たり前の感覚かもしれないが、卓也にはまだ慣れることはできない。

　一生、そんな感覚を持つことはできないかもしれなかった。

(透子さんを結界のなかに封印しろとか言ったら、オレ、叔父さんを許さねえからな)

　そんな卓也の気持ちがわかったのか、聖司は静かに首を横にふった。

「封印しろなんて、言いませんよ。お兄さんの薫君も許さないでしょうし、君も大反対するでしょうからね。私個人としても、若い娘さんをいじめるような真似はしたくありません。しかし、あの陰の気は少々困ります。そこで、義兄《にい》さんとも相談しました」

「お父さんと?」

「ええ。君のお父上の話では、透子さんのなかの陰の気を鎮め、永《なが》い年月をかけて少しずつ、大地に還《かえ》していく〈桂花《けいか》〉という呪具があるそうです」

思わぬ言葉に、卓也は目を瞬《しばた》いた。

そんな呪具があるというのは、初耳だ。

もっと早くに知っていれば、透子は苦しい思いをせずにすんだかもしれないのに。

「大地に還すって？」

「もともと、透子さんのなかの陰の気は、上手に調整して少しずつ外に放出してやれば、害はないんです。今は一ヵ所に濃縮された状態で集まっているから、問題があるだけで」

「どこにあるんだ、その呪具？」

近い場所なら自分がとりに行こうと思いながら、卓也は尋ねた。

「この熊野《くまの》の山のなかです。正確に言うと、〈桂花〉はまだありません。〈桂花〉を作れる鬼がいるのです」

ニコッと笑って、聖司が言う。

「鬼？　でも、あいつら、人間界に勝手に来ちゃダメなんじゃねぇのか？」

卓也は、目をパチクリさせた。

鬼の世界――鬼道界《きどうかい》から人間界への鬼の出入りは制限されているのだ。

「たしかに、今は制限があります。でも、その鬼は昔から人間界に棲《す》んでいるんですよ。噂《うわさ》では、羅刹王《らせつおう》に逆らった罪で人間界に流されてきたとか」

羅刹王というのは、鬼道界の先代の王である。

去年、鬼の軍勢を率いて人間界に大規模な侵攻をかけてきたが、筒井家をはじめとする七曜会の退魔師たちの活躍によって倒され、陰の気となって散った。

「ふーん……羅刹王に逆らうなんて、根性あるな。……どんな鬼なんだ？　若いのか？」

「さあ……けっこうなお歳《とし》だという話ですが、鬼の年齢はよくわかりませんね。名前は、石墨《せきぼく》というそうです」

「せきぼく……？」

「石に墨と書きます。名前からすると、男でしょうね。もともと、鬼道界にいた時から呪具を作る呪具師をやっていたようです」

「ほかには？　ほかに手がかりは？」

「ありません。この熊野の山のどこかにいる石墨を捜して、〈桂花〉を作ってもらうのが、君と薫君の今回の任務です」

あっさりと、聖司が言う。

「えーっ⁉」

予想はしていたが、やはり、卓也は抗議の声をあげてしまう。

いくらなんでも、名前だけで捜すのは無理だろう。ましてや、呪具を作ってもらうとなると、どれだけ時間がかかるのかわからない。

「熊野の山っていっても広いぞ、叔父さん」

「そうですね。たらたら捜していると、透子さんの体調がもっと悪くなるかもしれません。薫君にも同じことを話してありますから、二人で協力して、がんばってくださいね」

聖司は、微笑《ほほえ》んだ。

(相変わらずだな、叔父さん)

抗議はしてみたものの、こんなふうに雲をつかむような任務を言いつけられるのはよくあることだ。

聖司のぬらりくらりした物言いにも慣れている。

卓也は、はあ……とため息をついた。

「わかりました。なんとかやってみます」

薫とは以前、コンビを組んでいたので、仕事はやりやすい。

(久しぶりだな、あいつと一緒に任務って……)

自然と顔がほころびかける。

だが、卓也は聖司の視線に気づき、慌てて真面目な顔を作った。

薫のことで、うれしそうな顔など見せたら、また聖司にいじめられてしまう。

なにしろ、聖司は自分を溺愛《できあい》するあまり、薫との恋愛関係を全力で阻止したがっているのだから。

奥座敷を出ると、薄明るい廊下の左側にガラス戸があり、そのむこうに茶室に通じる小さな庭が見えた。

庭には飛び石が置かれ、馬酔木《あせび》や楓《かえで》の木が植えられていた。

この屋敷は七曜会を引退した元退魔師、高木昭夫《たかぎあきお》のものである。

高木は七十代の老人で、歳の離れた五十代の妻と愛犬のダックスフント、数羽の文鳥とともに静かに暮らしている。

＊　＊

かつて、この地方の名士だったという高木家の屋敷は立派な応接間、書斎、茶室、二つの座敷と大広間、八つの和室を備えた豪邸だ。

どの部屋も採光を考えた造りで、廊下には窓があり、坪庭《つぼにわ》のような小さな庭から光を取り入れることができるようになっている。

屋敷をとりまく日本庭園には立派な池があり、四阿《あずまや》や築山《つきやま》が造られていた。

高木は筒井家とも親しく、卓也と聖司が療養中だと知って、透子や薫ともども泊まりにくるように勧めたのだ。

奥の南の十二畳の中座敷が、今は透子の部屋として使われている。

野武彦《のぶひこ》と聖司は、奥座敷と中座敷の南にある二十八畳の大広間を半分ずつ使っている。不二子《ふじこ》は、大広間と廊下を挟んで斜めむかいの六畳間で寝起きしていた。

卓也と薫には、中座敷の隣の八畳間が割り当てられていた。

最初、聖司は少年たちを同じ部屋にするのには反対した。「バイセクシュアルの綺麗《きれい》な半陽鬼《はんようき》と、可愛い卓也君を一緒に寝かせて何か間違いがあったら、どうするんですか？」というのがその言い分だ。

しかし、野武彦は聖司の意見に渋い顔をした。

いくら高木の屋敷が広くとも、六人で泊まりにきて、我が物顔で六部屋を占領するわけにもいかない。

透子と不二子はともかくとして、男たちは二人部屋で過ごすべきだというのが野武彦の考えだった。

——俺《おれ》は卓也と相部屋でもかまわんが、君は薫君と相部屋でいいのか？

そう言われて、聖司は困った顔になった。

——お義兄さんが、薫君と相部屋じゃダメなんですか？

——言いだしっぺの君が責任をとって、『バイセクシュアルの綺麗な半陽鬼』と相部屋になるといい。

意地の悪い口調で、野武彦が答える。

――私と一緒じゃ、薫君が嫌でしょう。

――君が嫌なら、卓也と薫君が相部屋になるな。

――卓也君に何かあったら、どうするんです？

――そんなこと、あるわけがないだろう。うちの息子にかぎって。

野武彦は息子と薫のあいだに強い絆《きずな》があることは承知していたが、それが友情を踏み越える可能性は考えたくないようだった。

薫が同性を愛することもできるという事実は知っていたが、あえて、それから目をそむけようとしている。

聖司は「お義兄さんは自分をだましています」と責めたが、野武彦は義弟の言葉には耳を貸さなかった。

もっとも、聖司の心配に反して、薫はほとんど卓也のいる八畳間には寄りつかなかった。

まるで、卓也を避けているようにさえ見えた。

（薫、また透子さんの部屋かな……）

聖司は今朝、薫と顔をあわせた時に「来れるようなら、九時頃、奥座敷に来てくださいね。卓也君と君に話があります」と言ったそうだが、結局、薫は来なかった。

不二子の話では、透子の具合があまりよくないらしい。

今朝、起きた時から熱があるのだという。

(半陽鬼だと医者も呼べねえし、心配だよなあ……)

卓也は、中座敷に近づいていった。

近づくにつれて、中座敷の襖《ふすま》のむこうから話し声が聞こえてくる。

「お兄ちゃん、奥座敷のほうで何かお話があったんじゃないの? ここにいてもいいの?」

細い女の子の声——これが透子だ。

もう少し、ぐったりしているかと思ったが、意外に声はしっかりしている。

それに対して、やや低めの美声がボソリと言う。

「かまわん」

薫の声だ。

やはり、中座敷にいたらしい。

「薫、透子さん、入っていいかな?」

襖ごしに声をかけると、なかから透子の「どうぞ」という声が聞こえた。

卓也は襖を開き、なかに入った。

広い中座敷は奥に床の間があり、二本の掛け軸がかかっていた。左のほうには違い棚と袋戸棚が作られている。

部屋の真ん中には布団がまだ敷かれ、その上に淡い桃色の着物を着た美少女が座っていた。

漆黒の髪を腰のあたりまでのばしている。綺麗に切りそろえられた髪は、艶《つや》やかで絹糸のような光沢がある。

鬼の血をひくせいか、普通の十五歳とはたたずまいからして違う。

清楚《せいそ》な空気といい、優雅な物腰といい、どこか遠い国の姫君のようだ。

「卓也さん……。お兄ちゃんを迎えにきたんですね。ごめんなさい、引き止めちゃって……」

透子は、申し訳なさそうに言った。

声は元気だが、顔色はあまりよくない。少し痩《や》せたせいか、前よりもいっそう目が大きくなったように見える。

（やっぱ、具合悪そうだ……）

卓也は心のなかで、ため息をついた。

透子の隣に座る薫は、無表情のままだ。

こちらはこの夏の暑さのなか、古代紫のスーツを着こんでいた。スーツのなかはスタンドカラーの白いシャツだ。ネクタイはしていない。

落ち着きはらった態度は、とても十代の少年には見えない。

「気にしないでください、透子さん。叔父さんのは、たいした話じゃなかったし……。それより、熱、大丈夫ですか？」

透子のほうが年下なのだが、初恋の人だったせいか、卓也はいまだに敬語を使ってしまう。

もっとも、その初恋は透子に好きな相手がいたため、実らなかったのだが。

その次に好きになったのは、薫だ。

たぶん、最初で最後の命《いのち》懸《が》けの恋の相手。

透子は兄と筒井家の末子《ばっし》のあいだに強い絆があることは承知しており、卓也にも薫に対する時のような信頼の瞳《ひとみ》をむけてくる。

「大丈夫です。心配かけて、ごめんなさいね。すぐよくなりますから」

細い声で言われて、卓也はやるせない気持ちになった。

まだ十五なのに、こんなにもまわりに気を遣《つか》わなければいけないものだろうか。

本当ならば、わがままいっぱいでも許される年頃だ。母親にも甘えたい盛りだろうに。

しかし、抱きしめ、護ってくれるはずの透子の両親はもうこの世にはいないのだ。

薫が困ったように透子を見、肩をすくめる。

「言うことを聞かない」

「え？　言うことを聞かないって？」

卓也は、首をかしげた。

相変わらず、薫は言葉が足りない。

透子がかすかに微笑んで、兄の言葉を補足する。

「お兄ちゃんは、具合が悪いなら寝ていろって言うんです。過保護すぎでしょう。でも、私はお庭を散歩したいから、かまわずに着物に着替えちゃったんです。それで、お兄ちゃんたら、心配して……」

「そうなんですか……。まあ、薫の気持ちもわからないじゃないですけど。透子さん、具合が悪くても我慢しちゃうから」

(……っていうか、薫、おまえ、妹の生着替えを見てたのかよ。十五になる妹の生着替えをっ！　どうなんだよ、薫？)

年頃の少年としては、そっちのほうが気になる。

思わず、薫の顔をまじまじと見ると、薫は憮然としたような目になった。

「用事はなんだ？」

「え？　用事……叔父さんに話聞いてきたんだ。石墨捜しのこと……」

(ええと、透子さんの前で話していいのかな)

目で尋ねると、薫は無言で小さくうなずいた。

「ん……ならいいや」

卓也は、透子のほうにむきなおった。

透子は、卓也と薫の会話が飛ぶことはまったく気にならないようだ。

傍《はた》から聞くと、ほとんど意味不明のはずなのだが、さすがは薫の妹だ。ちゃんとついてきている。

「ええと、透子さん」

「なんでしょう?」

透子は、小首をかしげてみせる。

こういう仕草は、本当に可愛い。女の子として愛らしいというだけではなく、「薫に似ているくせに可愛い」というところがポイントが高い。少なくとも、卓也にとっては。

「実は、薫とオレ、新しい任務を命じられたんです。透子さんの陰の気をなんとかする〈桂花〉っていう呪具を作れる鬼がこの熊野にいるそうなので、その鬼を捜して〈桂花〉を作ってもらえって。だから、オレたち、調査を始めますから、透子さんも安心して待っていてください」

このニュースで、体調の悪い透子に少しでも元気になってほしい。

そんな卓也の気持ちは、透子に通じたようだった。

青ざめた顔に、うれしげな微笑が浮かぶ。

「ありがとうございます、卓也さん。そんな呪具があったら、いいでしょうね」

「いや、ちゃんとありますから。絶対、作ってもらいますから」

　卓也は、透子に小指を差し出した。

「約束します」

　透子は驚いたような目になって卓也を見、ふわっと笑った。

　細い小指をからめてくる。

「じゃあ、約束。……でも、無理しないでくださいね」

「大丈夫ですよ。楽勝っす」

　石墨を捜すあてはないのだが、ついつい、そんなことを言ってしまう。

　薫は「何が楽勝だ」と言いたげな目をしている。

　透子は兄を見、そっと手をのばして、からめた小指の上に薫の手も誘導する。

（え……？）

「お兄ちゃんも、約束」

　細い声でささやかれ、薫は無表情のまま、卓也と透子の手に自分の手を重ねた。

　卓也の手の甲に、薫の体温が伝わってくる。

　切れ長の目は、じっと卓也の瞳を見つめている。

　数秒後、透子より先に、薫は手を離《ほど》した。

　透子も指を解き、微笑んだ。

「ねえ、お兄ちゃん……」

透子が言いかけた時、薫の視線が押し入れのほうに動いた。

(え?)

数秒遅れて、押し入れのほうでガタンと音がする。

卓也と透子は、同時に押し入れのほうを見た。

薫が押し入れに近づき、襖を開く。

なかから、紫のものがころんと転がりだしてきた。

(ええっ⁉)

転がりだしてきたのは、紫の狩衣を着た美しい童子だった。

歳は五、六歳。漆黒の髪をおかっぱにしている。

白く美しい顔は、薫によく似ていた。

去年の香港《ホンコン》の事件の時、薫の力を借りて卓也が作った式神《しきがみ》だ。名前は藤丸《ふじまる》という。

藤丸は式神のくせに、しばしば勝手に姿を現し、卓也のまわりでうろうろしている。

それは薫の霊力がわずかに混じっているせいなのか、卓也の退魔師としての未熟さのせいなのかはよくわからない。

藤丸は予備の枕に全身でしがみつき、仰向けになって部屋の天井を睨《にら》みあげている。

「チビ! 何やってたんだよ、こんなとこで!」

卓也は式神に駆けより、枕からひきはがした。

透子がまじまじと藤丸を見、懐《なつ》かしげに微笑む。

藤丸の姿は、幼い日の薫に瓜二《うりふた》つなのだ。

「そんなところにいたの、藤丸ちゃん」

透子は、藤丸のことが気に入っているようだ。

藤丸も卓也と薫以外の人間にはほとんど触らせないのだが、透子が抱くとおとなしくしている。

「おいで」

両手をのばすと、藤丸はタタタッと透子に駆けよっていった。

だが、透子の腕に飛びこむ寸前、薫が横から藤丸を抱きあげた。

「お兄ちゃん」

責めるような目で、透子が兄を見た。

薫は、「触るな」と言いたげな瞳を妹にむけた。

「ひどーい。透子が触っちゃダメって言うの？」

透子は、兄を軽く睨んだ。

薫は無言のまま、藤丸の右耳を引っ張った。藤丸がジタバタする。

卓也も慌てて自分の右耳を押さえた。

「やめろって、薫！　引っ張るな！　痛い！」

式神に触れるのは、術者に触れることだ。

藤丸をくすぐれば、卓也がくすぐったさを感じることになる。

つまり、透子が藤丸を抱きしめれば、その感覚はダイレクトに卓也に伝わるのだ。

薫はジタバタする藤丸を両腕で抱えこみ、挑むような目つきで卓也をじっと見た。

どちらに嫉妬《しっと》しているのか、よくわからない。

「バカ野郎……」

卓也は赤くなったまま、手をのばして薫の腕から藤丸を抱きとった。

薫はふんと笑って、藤丸の艶やかな黒髪をそっと撫《な》でた。

卓也は目を伏せた。

優しく髪に触れてくる指の感触。

透子がさりげなく目をそらし、窓辺によっていく。

強い風が吹きこんできて、少女の長い黒髪を翻《ひるがえ》す。

「いい天気」

呟《つぶや》く声は、小さい。

「なあ……おまえ、どうやって石墨捜すつもりだ、薫？」

照れ隠しに、卓也は眉《まゆ》をひそめて尋ねる。

薫はそれには答えず、スーツの懐《ふところ》に手を入れた。

すっととりだしたのは、二枚の金属の板を重ねた呪具だ。上の板は丸くてCDくらいの大きさで、下の板は四角かった。

二枚の金属板は丸い軸《じく》でつながっていて、動かせるようになっている。軸のてっぺんには小さな方位磁石が埋めこまれていた。磁石の周囲には、北斗七星を象《かたど》った七つの丸い点が刻みこまれている。両方の板のまわりには、八卦《はっけ》や干支《えと》、星の名前などが細かく描かれていた。

これが鬼羅盤《おにらばん》。鬼八卦《おにはっけ》と呼ばれる呪術専用の呪具だ。

鬼八卦を使えるのは、鬼の血をひくものだけである。

(そっか……。鬼羅盤使って占うつもりなのか)

薫はもう卓也には興味を失ったような様子で柱にもたれ、金属板を動かしはじめた。

カチカチいう、かすかな金属音が聞こえてきた。

＊　　＊

薫の鬼八卦は、なかなか終わらなかった。

こんなことは、めずらしい。

卓也は薫に断って、屋敷の外に出た。藤丸は、透子のところに置いてきた。

玄関を出ると築山があり、左手のほうに塀と木戸が見える。木戸をくぐり、屋敷の西側に移動すると、広大な日本庭園が現れる。日本庭園の真ん中には、大きな池があった。池のまわりには、楓や楠《くすのき》、桜などが植えられている。

青草と雨に濡《ぬ》れた土の匂《にお》いが、全身を包む。

気温が高いせいか、屋敷の屋根瓦《やねがわら》はもう乾きはじめていた。

(うわあ……蒸し暑っ。どこの南国だよ)

東京では経験できないような湿度だ。

蒸気のなかを歩いているような生温かさは、去年の秋に行った香港を思い出させる。

香港で、卓也は初めて薫の気持ちを知ったのだ。

——喰《く》いたい。喰わせろ。

九龍《カオルン》シャングリラ・ホテルのベッドで、卓也にのしかかり、妖艶《ようえん》な瞳でささやいた美貌《びぼう》の半陽鬼。

鬼の血をひくものにとって、喰うというのは最上級の愛情表現だ。

鬼の世界でも、滅多にあることではない。

だが、人である卓也にとって、そんな物騒な愛情表現は理解できないし、受け入れることもできなかった。

あれから、九ヵ月が過ぎた。

短いようで、長かった九ヵ月が。

(オレたち、まだ側《そば》にいるんだな)

卓也は、空を見あげた。

屋敷は海に突き出した岬の上にあり、敷地をとりまく塀のむこうに雲が流れる空と鮮やかに青い南国の海が広がっていた。

上昇気流に乗って、二、三羽の鳶《とび》たちが悠々と空を滑っていく。

去年初めて、薫に会った時には無愛想な態度と絶世の美貌に驚き、「いけすかない」と反発したものだ。

薫がキスしたり触れてきたりするのは「嫌がらせ」だと思いこみ、嫌われているのではないかと悩みもした。

それでも、いつの間にか薫をこの世で一番大事な相手だと思うようになった。

喰われることさえ怖くなくなり、ついには恋人同士として愛を交わした。

それは、ぎりぎりの状況のなかでのたった一度きりの出来事だった。

互いに望んで、抱きあった遠い冬の夜。

——オレのこと、喰わせてやりたいけど……でも、そうしたら、透子さんを助けにいけなくなっちまう……。

薫の胸に顔を押しあて、呟いたのは、顔を見たら泣いてしまいそうだったからだ。

――だから……薫……。

あれが、迷いながら二人のたどりついた一つの到達点。

その後、いろいろな出来事があり、卓也と薫のあいだには他人行儀な空気が流れるようになった。

だが、京都での事件の後、二人の関係には少しだけ進展が見られた。

――七曜会でえらくなるのか。

――……なれるかどうかわかんねえけど。オレはやる気だぞ。……いちおう、筒井家の長男だし。

――それまで、七曜会で待っている。

約束と言っていいのかわからない。

それでも、薫は待っていると言った。

筒井家を飛びだすこともなく、他の組織――北辰門《ほくしんもん》に移ることもなく、卓也が上りつめるまで七曜会で待つと。

とはいえ、この屋敷に来てからは京都の一軒家にいた時以上に周囲の目があり、なかなか恋人らしい時間は過ごせない二人だった。

甘やかな気配を察して聖司が駆けこんでくるのではないかと心配するあまり、キスさえしていない。

実際は、聖司といえども神ではないので、卓也と薫が音をたてずに触れあっていれば、それを察知するのは不可能なはずなのだが。

その時、傍《かたわ》らでかすかな気配が動いた。

見ると、いつの間にか穏やかな瞳の薫が立っている。どうやら、結果が出たらしい。

「わかったのか？」

薫は卓也の目をじっと見、小さくうなずいた。

「亥《い》の方角にいる」

(亥の方角って言われても……どこだよ、それ？)

卓也は、眉根《まゆね》をよせた。さすがに、瞬時には出てこない。

「亥……って……子《ね》、丑《うし》、寅《とら》……ええと……」

指折り数えていると、薫が「そんなこともわからないのか」と言いたげな顔になった。

「北北西」

「あ、北北西か」

(わかるわけねえだろ。江戸時代の人じゃねえんだから)

しかし、そんなことを口にすれば、いっそう呆《あき》れられてしまうだけだ。

薫はたとえ相手が恋人ではあっても、無能な術者には厳しいのだ。

それは、薫自身が「ある種の天才」と言われるほど優秀な頭脳を持っているせいだ。

薫くらいになると、まわりの者はみな、バカに見えるのかもしれない。

「えーと……ここの北北西って何があるんだ？」

「那智山《なちさん》」

薫は、ボソリと言う。

「那智山ですか。だとすると、思ったより近くですね」

背後から、聖司の声がした。

（え⁉）

慌てて振り返ると、聖司と痩《や》せた背の高い老人が立っていた。

老人はこの屋敷の主、高木である。マリンボーダーのポロシャツを着て、紺のズボンをはいている。

「いたのかよ、叔父さん……。びっくりさせんなよ」

「これくらいの気配がわからないなんて、修行が足りませんね」

聖司は、ふふ……と笑った。高木も悪戯《いたずら》っぽい目をしている。

（なんだよ。気配殺して近づいたのかよ）

百戦錬磨《ひゃくせんれんま》の退魔師と元退魔師にかかっては、卓也は赤ん坊同然だ。

薫のほうはどうやら二人の接近には気づいていたようだが、まったく気にも留《と》めていない。

　ため息をついて、卓也は聖司の白い顔を見上げた。

「那智山まで車でどのくらいかかるんだ、叔父さん？　修行積んでるんなら、そのくらいは知ってるよなあ」

「さあ……三、四十分でしょうかね」

　聖司の言葉に、高木が「だいたい三十分です」と答える。

「駅前から、バスがありますよ。熊野那智大社まで行って、そこから山に入るとよろしいでしょう」

　老人は、十代の卓也相手にも丁寧な口をきく。穏やかな物腰だけ見ると品のいい老紳士といった感じで、とても退魔師として戦ってきたようには見えない。

「わかりました。じゃあ、バスで行きます」

「なんでしたら、私がレンタカーで送迎しますが」

　聖司がやわらかな声で言いかける。

　卓也は、首を横にふった。

「いいよ。叔父さんも病み上がりなんだから、無理すんな」

　本当は、聖司の身体を気づかったわけではない。

　薫と聖司を同じ車内に閉じこめたまま、三十分も一緒にいる自信がなかったのだ。

（絶対、よけいなこと言うに決まってる）

そんな卓也の気持ちがわかったのか、聖司はため息をついたようだった。

「わかりましたよ。君たちの邪魔はしません。せっかく、愛の結晶もできたところですしね」

「ちょっと……！　やめろよ、叔父さん！　変なこと言うな！」

慌てて、卓也は叔父の口をふさいだ。

（チビは愛の結晶じゃねえ！　オレの式神だ！）

聖司は、ニヤニヤしている。

高木は、「愛の結晶」という単語は適当に聞き流したようだ。こちらは筒井家とのつきあいは長いので、聖司の奇行や怪しい発言には慣れている。

（どうする、薫……？　叔父さんの車で行くか？　これ以上、よけいなこと言われちゃ、たまんねえよ）

卓也は、チラリと薫の顔を見た。

薫は、肩をすくめただけだった。

二人はバスで那智山にむかい、熊野那智大社の側で降りた。

登山道を登りはじめたのは、高木邸を出てから四十分ほど後のことだった。

＊　　＊

(それが、なんでこうなるんだよ……!)

ハァハァ喘《あえ》ぎながら、卓也は手近な灌木《かんぼく》につかまった。素手なので、指にはあちこち、すり傷や切り傷ができている。

今、卓也がいるのは傾斜のきつい山の斜面だ。空を覆うように杉の木々が生え、曲がりくねった根と根のあいだからゴツゴツした岩が突き出している。

地面は、今朝の雨でまだ濡れていた。

「これ、登山靴が要《い》ったんじゃねえのか?」

(鬼羅盤で調べたから、すぐ石墨に会えると思ったのに……なんだよ、これ)

山を登りはじめてから、二時間ほどが過ぎている。

最初は登山道だったが、途中から道は消え、卓也は枯れ葉の積もった斜面を這《は》うようにして登っている。

薫は翼でもあるのではないかと思うほど、軽々と移動していく。

卓也が汗だくで、あちこちに草の実や枯れ葉をくっつけ、泥だらけになっているのとは大違いだ。

「……っていうか、遭難するんじゃねえのか？」

灌木の次はゴツゴツした岩につかまり、荒い息を吐きながら、卓也は自分たちが登ってきた斜面を見下ろした。

もう百メートルほど、登りがつづいている。ここで転落したら、下の沢に落ちて大怪我をしてしまうかもしれない。

「なあ、薫、こっちでいいのか？」

先を行く半陽鬼に尋ねると、白い顔がこちらを見た。

うなずいているように見える。

（……ったく……冗談じゃねえよ。山岳修行じゃねえっつーの）

勢いをつけて、岩によじのぼり、卓也は右手の灌木の枝につかまった。

この山のどこに、石墨がいるのだろう。

「おい、あとどのくらい……」

言いかけた時だった。

斜面の上のほうで、複数の妖気《ようき》が動いた。

（え？）

この妖気は、鬼のものだ。まさか、上に鬼たちがいるのだろうか。

薫も警戒するように、木々のむこうを透かし見ている。

その時、斜面の上のほうに白い着物に紺の袴《はかま》姿の男たちが三人現れた。男たちは素早く岩から岩に飛び移り、こちらにむかって駆け下りてくる。

ぶわっと強い妖気が押しよせてきた。

（来た……！）

卓也は、息を呑《の》んだ。

なぜ、鬼たちが襲ってくるのかわからない。石墨を捜す邪魔をするつもりだろうか。それとも、何かほかに目的があるのか。

薫が重力を感じさせない動作で、応戦しはじめる。

「公子を殺しにきたか！　半陽鬼を使うとは、卑劣な！」

鬼たちの一人が叫ぶ。

（子牛？　格子？）

卓也は一瞬、混乱した。

どちらも違う気がする。ひょっとすると、人の名前だろうか。

薫が「なんの話だ」とボソッと言う。

「問答無用！　死ね！」

木々の枝の折れる音とともに、湿った土と枯れ葉がパッと舞いあがった。

「なんだよ⁉　オレたちは関係ねえぞ！　『こうし』なんか知らねえよ！」

「誤魔化《ごまか》すな、人間め！」

薫の横をすりぬけ、一人の鬼がこちらに突進してくる。この急勾配《きゅうこうばい》で、よくも走れるものだ。

いや、感心している場合ではない。

「チビ！」

とっさに、卓也は式神を呼んだ。

その瞬間、紫の風が斜面を下から上に走りぬけたようだった。

卓也を襲おうとした鬼が紫の風に煽《あお》られ、宙に舞う。

「うわあああああーっ！」

鬼の胴体が斜めに淡く光っていた。

同時に、薫の左右にいた鬼たちの胴にも白い光の筋が走った。

悲鳴をあげて、三体の鬼たちは斜面を転げ落ちていく。

落ちながら、その身体は淡く光って砂のように砕け、消え失せた。

薫が、無表情に卓也を見下ろした。顔には出さないが、大切な少年がそこにいるのを確認して、ホッとしたようだった。

その傍らに、紫衣《しえ》の童子――藤丸がふわりと着地した。卓也に襲いかかってきた鬼を倒したのは、藤丸である。

「動けるか?」

ボソリと薫が尋ねてくる。

「あ……ああ。大丈夫だ」

子供ではないのだから、もう登るのは嫌だと言うわけにもいかない。

その時、薫が素早く斜面の上のほうを振り返った。

(え? なんだ?)

薫につられて、卓也も上のほうを見た。

数秒遅れて、また新手の鬼たちが現れた。今度は、七、八体いる。薫が反応したのは、この鬼たちの妖気だろう。

(まだいたのかよ……)

「下に降りろ」

短く指示を出して、薫は鬼たちにむかっていった。

これ以上、上に進むのは危険だと判断したのだろう。

藤丸もふわっと舞いあがり、鬼たちのただ中につっこんでいく。

卓也はカラカラに乾いた唇を舐め、ゆっくりと降りはじめた。

だが、登ってきた道は自分でさんざん踏み荒らしているので、濡れた地面はいっそう滑りやすくなっている。

（落ちないようにしなきゃ）

木の根をしっかりつかみ、足場を探りながら、卓也は上のほうを見た。

嫌な胸騒ぎがする。

熊野の山のなかに、こんなに大勢の鬼がいるのはどう考えてもおかしい。

彼らは、どこから来たのだろう。

去年の戦いで羅刹王が倒れた後、その配下の鬼たちは大半が鬼道界に帰ったと聞いている。

それなのに、徒党を組んで襲ってくる鬼たちがいたとは。

もしかしたら、卓也の知らないところで何かが進行しているのではないだろうか。

何か、よからぬことが。

（どうしよう。バトルは薫にまかせて、チビは親父《おやじ》のところに報告に行かせたほうがいいんじゃねえだろうか。まだ伏兵がいるかもしれねえし、そしたら、オレたちだけで戦うのは無理だ。でも、これくらいで親父に助けてくれって連絡したら、情けねえって思われちまうかもしれねえし……どうしよう……）

異様に冴《さ》えた頭のなかで、いくつもの思考がグルグル回る。

冷静になっているつもりでも、完全にパニックを起こしているのだ。

（落ち着け、オレ。チビと薫で鬼を退治してから、報告しても遅くはねえはずだ。深呼吸して……）

卓也は、なんとか足場を確保し、大きく息を吸いこんだ。

藤丸が、また一体、鬼を倒したようだった。

悲鳴をあげて、鬼が卓也の横を転がり落ちていく。

落ちながら、鬼の腕が卓也の腕をつかんだ。

（嘘《うそ》⁉）

ぐいっと引っ張られて、身体が宙に浮く。

卓也は自分の身体が濡れた枯れ葉と土の上に叩《たた》きつけられ、そのままゴロゴロ転がり落ちていくのを感じた。

何もかもが、悪い冗談のようだ。

とっさにつかんだ木の枝が折れる。身体が、鞠《まり》のように弾んだ。

見る見るうちに、尖《とが》った岩角が近づいてくる。

「うわあああああーっ！」

上のほうで、薫の「卓也」という叫びが聞こえたようだった。

ガツッと頭に衝撃が走り、目の前が暗くなった。鼻の奥に血の臭いがする。

耳もとで、鳥の羽音のようなものが聞こえた気がした。

——薫……。

そう思ったのを最後に、卓也は意識を失った。

＊　　＊

同じ頃、那智山の反対側で誰かが笙《しょう》を吹いていた。

風が渡っていく。

熊野の山中にある、鬼の隠れ里である。

隠れ里は強力な結界のなかにあり、その存在は数百年のあいだ、七曜会にも地元の人間にも知られることがなかった。

隠れ里の長は、藍晶《らんしょう》と呼ばれる鬼だ。その配下の鬼たちは百五十名ほど。大半が大人の鬼で、子供の鬼は数えるほどしかいない。

彼らは遠い昔からこの山奥に潜み、獣をとり、魚を釣って、ひっそりと暮らしていた。

鬼たちのなかには妖力を失い、人間とほとんど変わらなくなってしまったものたちもいる。

笙の音《ね》が途切れる。

「篠宮薫が、那智山に来ているそうだね」

やわらかな声で呟いたのは、黒絹の中国服を着た長身の青年――青江である。

冷たく整った顔に、銀ぶち眼鏡をかけている。

一度見たら、忘れられないほどの美貌の持ち主だが、その首や腕には無惨な赤い痣《あざ》のようなものが残っていた。

六月の京都での篠宮薫との戦いで大火傷《おおやけど》を負った名残《なごり》である。

今、青江は北辰門の放った刺客《しかく》に追われ、この熊野に身を潜めていた。

「そのようでございます。筒井卓也も一緒のようですが」

恭《うやうや》しく応《こた》えたのは、腰まである長い黒髪をたらし、焦げ茶色の狩衣をまとった青年である。優しげな顔だちで、女性的な印象がある。

手のなかには、先ほどまで鳴らしていた笙があった。

この青年の名は、石榴《ざくろ》。京都からずっと青江に従ってきた忠実な部下である。

二人がいるのは、隠れ里の奥に建つ寝殿造りの屋敷の一室――寝殿だ。

寝殿は屋敷の主の住まう部屋で、渡殿《わたりどの》と呼ばれる屋根つきの渡り廊下で、家族の住む対屋《たいのや》へつづいている。

開けはなった蔀戸《しとみど》のむこうから、夏の光とともに緑の匂いのする風が吹きこんでくる。

「まさか、卓也さんが熊野に来るとは思わなかった。こちらから捜しに行く手間がはぶけたな」

黒檀《こくたん》の文机《ふづくえ》にもたれ、青江はふっと笑った。

初めて東京で出会った時から、青江は卓也が気に入っていた。

卓也の明るさも優しさも、何もかもが眩しかった。

今まで誰を愛したこともなかった青江にとって、卓也はようやく見つけた日だまりだった。

だから、大切にしたい。自分のものにしたい。

その気持ちは、京都の戦いで卓也に拒絶された今も変わらない。

石榴が、少し心配そうな目で主を見た。

「会いにいらっしゃるおつもりですか？」

「そのつもりだが、ダメかな？」

部下を見、青江はからかうように首を傾《かし》げてみせる。

石榴は困ったような顔になった。

「ダメとは申しませんが……。ただ、お身体が完全に回復されてからのほうがよろしいのではと」

「そう心配するな、石榴。私は、もう大丈夫だから」

苦笑して、青江は応える。

その言葉は半分嘘で、半分本当だ。

青江が負った火傷は人間ならば、とうに死んでいるほど、ひどかった。皮膚は爛《ただ》れ、髪は焼け落ち、指の先は炭化していた。

その火傷を癒し、ボロボロになった肉体を再構成しなおすためには、半陽鬼としての全ての力を必要とした。

生命力の強い鬼でも、これほどのことができるものはそうはいない。

「そうだとよろしいのですが」

石榴はなおも心配そうな目で、うなずいた。

奇跡のような復活をとげてから、あきらかに青江の霊気は変化している。

以前のものとは桁違《けたちが》いだ。

だが、それは本当に歓迎すべき変化なのだろうか。

爆発的に力を使った後は、反動がくるものだ。

一時的に霊力は衰え、体温が下がり、目を開けていることもできない疲労感と睡魔に襲われ、動けなくなる。

本当ならば、青江はまだ、どこかの洞窟《どうくつ》や無人の別荘で昏々《こんこん》と眠りつづけていてもおかしくはない。

しかし、迫る危険が青江を目覚めさせた。

北辰門の刺客の気配は、日に日に近づいてきている。

青江は心配する石榴をともない、平然とした様子でいくつもの山を越え、先月末、この隠れ里にたどりついた。

青江と旧知の仲の藍晶はすべてのリスクを承知のうえで、青江と石榴を受け入れてくれた。

その裏には、ある特別な事情があった。

「どちらにしても、卓也さんには会わねばなるまい。篠宮薫を誘い出す人質になってもらう必要があるから。……卓也さんは、怒るだろうな」

どこか楽しげに、青江は呟いた。

「筒井卓也のまわりには、篠宮薫だけではなく、筒井野武彦、渡辺聖司、筒井不二子など、手練《てだ》れの術者がそろっておりますが」

懸念《けねん》するような瞳で、石榴が言う。

青江は「予想していたことだ」というふうにうなずいた。

「だから、卓也さんのところに夢を送っておいた」

「夢……でございますか？」

「そう。もう術はかかりはじめているのだよ」

「青江さま、まさか、あの危険な術を……」

眉《まゆ》をひそめて、石榴が言いかける。

その時だった。

築地塀《ついじべい》の外が騒がしくなったかと思うと、白い着物に紺の袴姿の男が屋敷の庭に駆けこんできた。この隠れ里の鬼の一人である。

「何事です？」

石榴は立ちあがり、蔀戸の外に出た。

男は石榴を見上げ、恭しく地面に膝《ひざ》をついた。

「公子にご報告がございます」

「聞こう」

静かな声で、屋敷のなかから青江が言う。

「は……。ご報告いたします、公子」

普通の鬼が「下賤《げせん》なもの」とされている半陽鬼にむかって、こんな丁重な口をきくのはめずらしい。ましてや公子と呼ぶことなど、ありえない。

青江は、鬼の呼び名に苦笑したようだった。

だが、呼びかたを訂正しようとはしない。

「先ほど、警備のものどもが山中で見慣れぬ退魔師どもを発見し、交戦状態に入った模様でございます。北辰門の刺客かと思われます」

「いよいよ来たか……。退魔師どもは何名だ？」

穏やかな口調で、青江が尋ねる。

「二名と聞いております。どちらも、少年だとか。生かして捕らえたほうがよろしゅうございましょうか？」

「そうだね。むこうの動きを知りたいから、殺さないように。無傷で、私のもとまで連れてきなさい」

「はっ……」

深々と頭を下げ、鬼は塀の外に駆けだしていった。ごく自然に青江を「従うべき相手」と認めているような動作だ。

それを見送って、青江は銀ぶち眼鏡のむこうの目をわずかに細めた。

「少年二名か……」

「篠宮薫たちでしょうか？」

石榴が、青江を振り返って呟く。

「そのようだね。刺客ならば、体力的に劣る子供は使うまい。少なくとも、成人男子にするだろう」

考え深げな目で、青江は言った。

少しためらって、石榴が尋ねる。

「筒井卓也だとしたら、少々、問題がございませんか？」

「だから、無傷で連れてこいと命じた」

「しかし、あの少年、甘い香りがいたします。果たして、隠れ里の鬼たちが無傷で連れてくるでしょうか」

石榴の言葉に、青江は微笑んだ。

「卓也さんが誰かに喰われてしまったほうが、面倒がなくていいと思っているのかな」

「いえ……そのようなことは決して」

少し焦《あせ》ったように、石榴は首を横にふった。どうやら、内心ではそう思っていたらしい。

青江は、苦笑した。

「かまわない、石榴。たしかに、筒井卓也は父の仇《かたき》だ。それにうつつをぬかす私を不甲斐《ふがい》ないとも思うのも無理はない」

「お忘れかと思っておりました」

目を伏せ、石榴は呟いた。

青江が「公子」と呼ばれるのは、その父の身分が高いからだ。

石榴が部下として従うのも、もとはといえば、青江の父の威光に惹《ひ》かれてのことである。

もっとも、現在の石榴は個人的に青江を敬愛し、父親の身分には頓着《とんちゃく》していないのだが。

青江は、そんな石榴をじっと見た。

「いや、忘れてはいない。最初に会った時には、これが父の仇かと思った。彼に会うまで、私はずっと父がなぜ人間と半陽鬼に倒されたのか不思議でしかたがなかった」

青江の瞳がすいと宙に浮く。形のよい唇に、かすかな笑みがかすめた。

「卓也さんに会って、理解したのだよ。父は、きっとあの甘い香りを放つ少年に魅了され、恋に落ちたのだね」

「さようでしょうか……」

何やら不満げな表情で、石榴は言った。

石榴は、青江の父親を知っているのだろう。その父親は、石榴の記憶のなかでは青江の知るものとは違った表情を見せているらしい。

「恋は言いすぎかもしれない。だが、戦いの最中で、この人間にならば殺されてやってもいいと思ったのだろう。そうでなければ、あれほどの妖力を備えた父がやすやすと殺されるはずがない。……いや、私は父に落ち度がないと思いたいばかりに、卓也さんの甘い香りを過大評価しているのかもしれないね」

「いえ、お気持ちはわかります。私も、いまだに信じられません」

石榴は、ため息をついた。

「石榴は、忠義者だ」

ポツリと呟き、青江は文机の上の金蒔絵《きんまきえ》の文箱を手にとった。

「あの甘い香りを感じない鬼もいると聞く。父は、どちらだったのだろう。……石榴、おまえはどうだ？」

「私ですか。まったく感じないというわけではございませんが、私はもう少し、慎《つつし》みのあるほうが好みでございます」

真顔で、石榴が言う。

ある種の鬼にとって、卓也は甘い香りをふりまき、「喰ってくれ」と自分からねだっているように見えるらしい。

青江はおかしそうに石榴を見、屋敷の庭に視線をむけた。

山梔子《くちなし》の花が咲いている。

「不思議な少年だ。見る者の心によって、天女にも悪鬼にも見える」

それに対して、石榴は答えなかった。

夏草の匂いのする風が、主従の傍らを吹き過ぎていく。

第二章　陰《いん》の気は招く

何かの気配に、卓也《たくや》は目を覚ました。

(ん……?)

「気がついたようじゃな」

聞き覚えのない老人の声がする。

(誰《だれ》だ……?)

見上げると、古びた民家の梁《はり》が目に飛びこんできた。

八畳ほどの和室に寝かされているらしい。梁は煤《すす》で黒ずんでおり、壁に神棚らしきものがついていたが、お札《ふだ》やお供えらしいものは置かれていない。家具と言えるものは、民芸品のような漆塗りの茶簞笥《ちゃだんす》と簞笥、それに文机《ふづくえ》と長火鉢くらいのものだ。

部屋はこの八畳のほかは、二畳ほどの土間しかない。土間には流し台と大きな常滑焼《とこなめやき》の水瓶が置かれ、炊事場を兼ねている。まるで、江戸時代の家のような造りだ。

「ここ……どこですか?　今、何時……」

起きあがって、卓也は小さくうめいた。頭が痛い。触ってみると、どうやら打ちつけたところが腫《は》れているようだ。

「ここは、わしの庵《いおり》じゃよ」

声の主が、卓也の前に膝《ひざ》をつく。

（え？）

相手は、小柄な老人だった。見たところ、七十代くらいだろうか。紺の作務衣《さむえ》を着ている。白髪は短く刈り上げ、首に日本手ぬぐいを巻いていた。いかにも頑固そうな顔をしている。

（なんだ、この爺《じい》さん？）

相手が何者なのか、見当もつかない。

障子窓は開かれており、そのむこうに風雨にさらされた灰色の木の小屋が見えた。

小屋のまわりには畑が広がっている。畑には南瓜《かぼちゃ》の蔓《つる》が這《は》い、里芋の巨大な葉っぱが風に揺れていた。

右手のほうには井戸があり、茶色い羽の鶏が二、三羽、地面をつついていた。

どこかで、犬の鳴き声もする。

陽射《ひざ》しの感じは、まだ真昼のものである。

「ほれ。喉《のど》が渇いたろう」

老人は、卓也に木の椀《わん》を差し出してきた。椀のなかには、水のようなものが入っている。

「あ……どうも」

卓也は椀を受け取り、素直に口もとに運んだ。ひんやりしていて喉ごしがよく、おいしい水だった。

飲むまでは気がつかなかったが、だいぶ喉が渇いていたらしい。

「ごちそうさまでした。……あの……たしか、オレ……山から転げ落ちたと思うんですけど……」

「そのようじゃな。全身、泥と葉っぱだらけで、黒羽王《くろばおう》がくわえてきた時には死んでいるのかと思ったぞ」

老人は空になったお椀を持って、土間のほうに行く。

「くろばおう……って、なんですか？」

卓也が尋ねた時、窓のむこうが翳《かげ》った。

（ん？）

次の瞬間、窓から巨大な烏《からす》の頭がつっこまれてきた。

「ぎゃっ！」

頭から嘴《くちばし》の先までの長さは、二メートル以上ありそうだ。真っ黒な頭の横についたキラキラ光る黒い目は、卓也の顔ほどもある。

(化け物⁉　なんだよ⁉)

老人は慌てる卓也をながめ、楽しげに笑った。

「これが黒羽王。わしの友達じゃよ」

「友達⁉　この化け……じゃなくて、鳥が？」

「黒羽王は、八咫烏《やたがらす》じゃ」

「八咫烏⁉　これが⁉」

(でかすぎ)

式神《しきがみ》にしては、気配が違う。

だが、実在の生き物のはずがない。熊野《くまの》に棲《す》む幻獣なのだろうか。

(……っていうか、この人、人間の気配がしねえし……)

老人をチラリと見て、卓也はゴクリと唾《つば》を呑《の》みこんだ。

人ではないということは、鬼だろうか。

よくよく探ってみれば、鬼の妖気《ようき》がする……気がする。

(やばい……)

警戒する卓也を見ながら、老人はニヤリとした。

「せっかく黒羽王が持ってきてくれた餌《えさ》じゃが、あいにく、わしは人間は喰《く》わん。面倒事はごめんじゃ。迎えも来たようだから、帰るがいい」

老人は手をのばし、玄関の引き戸を開いた。

そのむこうに、畑のあいだをぬけてくる紫のスーツを着た人影が見えた。

どうやら、卓也の居所を捜しあててくれたようだ。

卓也は慌てて立ちあがり、老人にお礼を言って庵を出た。

そのとたん、八咫烏が大きな羽音をたてて飛び立った。巨大な黒い鳥は上空の気流に乗って、悠々と山のむこうに飛んでいく。

(すげえ……)

「道はわかるか？」

庵のなかから、ぶっきらぼうに老人が尋ねてくる。

「いえ……。でも、たぶん、相棒がわかると思います」

「そうか」

「本当にありがとうございました！」

ペコッと頭を下げ、卓也は薫《かおる》にむかって駆けだした。

走ると、まだ少し頭が痛い。

「薫……あの……ごめん。心配かけて」

薫は「かまわん」と言いたげな目をして、両腕をのばし、卓也を捕まえた。

ほのかに、藤《ふじ》の花の匂《にお》いがしたようだった。

美貌《びぼう》の半陽鬼《はんようき》は「怪我《けが》をしたのか？」と尋ねるような目をして、そっと雪白の手で卓也の頬《ほお》を包みこんだ。

打撲傷でもあるのか、頬やこめかみに触れられると少し痛い。

けれども、薫の手のひらが暖かくなると、それにつれて痛みがやわらいでいく。

薫の手は優しくて、触れられていると気持ちいい。

（なんだろう。治してくれてんのか？）

だが、薫がこれだけ念入りに治療しているのが気になった。自分では見えないが、よほど、ひどい顔をしているのだろうか。

（手鏡でも持ってくればよかった。こないだ買ったサバイバルグッズに入ってたはずだけど、そういや、東京に置いてきちまったな）

「なあ、薫……痣《あざ》とかできてるのか？　オレ、もしかして、けっこうやばい顔してる？」

心配になって尋ねると、薫はボソッと答えた。

「だいぶ治った」

「だいぶ治ったって……よっぽど、ひどいのか？」

薫はそれには答えず、卓也の手をとった。

今度は指や手のひらの切り傷や打ち身をついばむようにして、そっとキスしはじめる。

「薫……おい……」

キスされた部分が暖かくなるにつれて、どんどん痣の色が薄くなり、傷がふさがりはじめた。

「いいって。こんなの、絆創膏《ばんそうこう》貼《は》っとけば。……だから、舐《な》めんなって。そこ、違うだろ！」

卓也は抗議したが、薫は聞く耳を持たない。

やがて、薫はすっと卓也の手を放した。

指の傷は、もうどこにもない。

卓也は顔をこすった。さっきまでの痛みも、綺麗《きれい》に消えている。

「サンキュー。……ところで、あの鬼たちはどうしたんだよ？」

「退治した」

薫はどことなく満足げに卓也の顔をながめながら、答える。

「何か正体につながる手がかりとかは？」

「ない」

「そっか……」

卓也は、ため息をついた。

鬼たちを倒せば、身体《からだ》は砕けて消えてしまう。

遺留品はほとんどないから、何か情報を得たいと思えば、生きているあいだに捕らえて尋問しなければならない。

しかし、薫はそれをせずに、黒羽王にさらわれた自分を追いかけてきてくれたのだ。

(なんで、ちゃんと調べねえんだよ。オレのことなんか、後まわしでいいだろ)

喉もとまでこみあげてきた言葉を、卓也は呑みこんだ。

薫を責めるのは、お門違《かどちが》いだ。

悪いのは、斜面から転がり落ちた自分である。

(とにかく、今日は親父たちのところに戻って、報告して、今後のことを相談しよう)

その時、薫が何かに気づいたように鬼羅盤《おにらばん》をとりだした。

(ん?)

鬼羅盤の二枚の金属板が、薫の手のなかで勝手にぐるぐるまわりだした。

ふいに、金属板はピタリと停止する。

薫は鬼羅盤を見下ろし、もう一度、庵を見た。

いつの間にか、引き戸のむこうから、老人がこちらをながめている。興味津々といった目つきである。

(げ……。見られてたのか、さっきの)

動揺した卓也は前髪をかきあげ、ジーンズの埃《ほこり》を払った。

「石墨《せきぼく》か」

薫が老人をじっと見、ボソリと言った。

（え？　石墨？　あの爺さんが？）

卓也は動きを止め、まじまじと薫の横顔を見た。

なぜ、わかったのだろう。鬼羅盤が示したのだろうか。

「あの……すみません！　もしかして、石墨さんですか!?」

手を振って呼びかけると、老人の顔に、どことなく迷惑そうな表情が浮かんだ。

「……なんじゃ？　わしのことを知っておるのか」

どうやら、本当に石墨らしい。

「オレたち、石墨さんに呪具《じゅぐ》を作ってもらいたくて捜してたんです！　あ、オレ、筒井卓也っていいます……」

だが、石墨は手で卓也を押しとどめ、低く言った。

「なかに入ってくれ。最近は物騒《ぶっそう》でのう。どこに耳があるのかわからんのじゃ」

石墨は、「よっこらしょ」と言いながら庵のなかに入っていく。

卓也たちも顔を見合わせ、庵にむかって歩きだした。

＊

＊

「……ほう。そういうわけであったか」

石墨は、白髪頭を掻《か》いた。

卓也があらためて自己紹介し、事情を話した後である。

透子《とうこ》が姫羅盤《ひめらばん》と呼ばれる「生きた呪具」だったこと、京都で青江《あおえ》に陰《いん》の気を流しこまれたこと、それをなんとか抑えこんだことも簡単に説明した。

薫は自分の紹介と説明は卓也にまかせ、無表情に庵のなかをながめている。

「お願いします。代金は、七曜会《しちようかい》が責任をもって用意しますので」

卓也は畳に両手をついて、頭を下げた。

石墨は卓也を見、難しい顔になった。

「せっかく来てくれたのに申し訳ないが、わしはもう女のための呪具は作らんのじゃ」

「女のための呪具……？」

男のためなら、作るということだろうか。

それを尋ねると、石墨はうなずいた。

「男のためなら、かまわん。以前にも七曜会に頼まれて作ってきた。じゃが、女ものは二度と作らんと決めた」

「どうしてですか？」

「わしは昔、自分の作った呪具で一人の女を不幸にしてしまったのじゃ。望みをかなえてやったつもりでな……。だから、もう同じことはくりかえしたくない」

　沈んだ声で、石墨は言った。

「でも……今回のは陰の気を抑える呪具ですよ。女ものとか、あんまり関係ないんですけど……」

「女のために作ることには、変わりはあるまい」

　石墨は、顔をしかめた。

「透子さんの陰の気をあのままにしておいたら、人間界にいろいろ悪い影響が出るんです。人間たちが陰の気を悪いものだと考えるようになれば、鬼との関係もまた悪化します。オレは、そうなってほしくないんです」

　卓也は、懸命に説得しようとした。

　しかし、石墨は首を縦にふらない。

「すまんが、わしには関わりのないことじゃ」

「石墨さん、どうすれば作ってくれるんですか？」

「作らんと言っておるじゃろうが！　七曜会といい、北辰門《ほくしんもん》といい、どうして、わしをそっとしておいてくれんのじゃ！」

吐き捨てるように言って、石墨は引き戸のほうを指差した。

「帰れ！　これ以上、嫌なことを思い出させるな！」

「え？　北辰門？」

卓也は、まじまじと石墨の顔を見た。

北辰門も呪具を作るように頼みにきたのだろうか。

「あの！　北辰門からも誰《だれ》か来たんですか？」

引き戸のほうに押し出されながら、卓也は声を張りあげた。

「来とらん！　二十年以上前の話じゃ！　さあ、帰れ！」

「二十年ほど前、北辰門に協力した鬼がいたと聞く」

ふいに、美しい声が静かに言った。

（え……？）

見ると、薫が感情を表さない漆黒の瞳《ひとみ》をじっと石墨にむけていた。

石墨は、わずかに怯《ひる》んだようだった。

「なんじゃ。半陽鬼を作る手伝いのことか。……おまえさんには関係ないじゃろう」

思わぬ言葉に、卓也は息を呑んだ。

（半陽鬼を作る手伝い⁉　半陽鬼って……まさか、青江⁉）

青江は、鬼と人のあいだから生まれた半陽鬼だ。

両親のどちらかが鬼ということになる。

それを「作る手伝い」というのは、つまり、そういう意味だろうか。

(まさか石墨が青江の父親⁉　でも、あんまり似てねえ……。いや、ホントにそうだって決まったわけじゃねえし)

目を皿のようにして石墨の顔を見ると、鬼は嫌そうな顔で視線をそらした。

短い沈黙の後、薫は無言で庵を出ていく。

紫のスーツの裾《すそ》が、折からの風にふわりと翻《ひるがえ》った。

残された卓也は、呆然《ぼうぜん》としていた。

もし石墨が青江の父親だとしたら、自分たちにとっては敵ではないのか。

青江は、薫のことを恨んでいるはずだ。

呪具として支配しそこねた透子にも、未練を残しているかもしれない。

石墨も事情を聞けば、青江に協力するかもしれない。

(どうしよう。そんなことだって思わなかったから、洗いざらい、透子さんのこと、話しちまった……)

背筋が冷たくなってくる。

呪具を作ってもらうどころか、敵として攻撃されてしまうかもしれない。

「あ……あの……すみません。そのお話、本当なんですか?」

恐る恐る、卓也は尋ねた。

「話?」

不機嫌そうに、石墨が卓也を見る。

「だから、その……手伝いって……」

そう言ったとたん、石墨の瞳の奥に怒りの炎が燃えたった。

「なんじゃ。今さら、昔のことをつつきまわして。うるさい奴らじゃ。帰れ!」

「すみません!」

「いいから帰れ!」

石墨は、手荒な動作で卓也を追いたてる。

庵の引き戸がピシャリと閉まった。

追いだされた卓也は、しばらく呆然として、引き戸をながめていた。

こんなはずではなかったのに。

「あの……石墨さん」

卓也が声をかけたとたん、引き戸のむこうで、石墨の気配が動いた。

「まだ帰らんのか。しつこい人間じゃ」

ガラッと引き戸が開いたかと思うと、いきなりバシャッと水が飛んできた。

「うわっ！」
卓也は頭から水をかぶり、悲鳴をあげた。
目の前で、石墨が空になった金属のバケツを持っている。
「とっとと帰れ。次は水ではすまんぞ」
ピシャンと閉まった引き戸は、卓也が呼んでも叩《たた》いても、もう開かなかった。
卓也は髪から滴をたらしながら、プルプルと頭をふった。滴が飛び散る。
（バカ爺《じじ》い）
腹は立ったが、少なくとも危害を加えられたわけではない。
石墨がその気ならば、もっと陰湿な攻撃をすることもできたはずだ。
（悪意はねえのかなあ……。いや、頭から水ぶっかけるのは悪意か）
憮然《ぶぜん》として歩きだした卓也は、薫がすっと近づいてくるのを見て、眉根《まゆね》をよせた。
薫の紫のスーツは、乾いている。
こちらは石墨の攻撃を察知して、安全圏に避難していたようだ。
「ずっりい……。なんだよ、自分だけ……」
ため息をついて、卓也は俺に背をむけ、足早に歩きだした。
影のように、薫がついてくる。
その視線は、濡れて肌にへばりついた白い綿シャツの肩や背中のラインをじっとなぞっている。

だが、卓也はそれに気づかなかった。

卓也は濡《ぬ》れた前髪をかきあげ、薫を見た。

「今日はしょうがねえから、帰って作戦を練りなおそう。……青江の父親なら、呪具作ってもらうのは無理かもしんねえけど」

薫は同意するようにうなずいてみせた。

「まさか、青江に速攻で連絡入れるってことはないよな……」

「わからん」

ボソリと呟いて、薫は庵のほうを振り返った。その瞳に浮かぶ感情は、卓也には読みとれない。

夏の陽射しの下で、粗末な庵はひっそりと静まりかえっている。

＊　　＊

那智山《なちさん》から勝浦《かつうら》にむかうバスは、空《す》いていた。

空調が効いていて、バスの震動に身をまかせているとだんだん眠くなってくる。

卓也も欠伸《あくび》をしながら、隣の席の薫を見た。

薫は窓際の席に座り、無表情に外の景色をながめている。

その汗一つかかない白い横顔は、たった今、ホテルのスイートルームから出てきたばかりのようで、どう見ても山登りをして、鬼たちと戦った後には見えない。

どうして、こんなに綺麗な生き物がいるのだろう。

(不公平だよなあ……)

ぼんやりと思って、卓也はバスの天井を見上げた。

石墨の頑固そうな顔を思い出す。

あの老人を説得するのは、難しそうだ。今の状態では、何度行っても結果は同じだろう。

普通に会いに行って、頼んでみてもダメということかもしれない。

その時、ふっと耳の奥に青江の声が甦《よみがえ》ってきた。

——私は、今でも、あなたの力になってあげたいと思っているんです、卓也さん……。

(いや、あれは夢だ)

だが、もし青江が石墨の息子で、彼が父親に透子の呪具を作ってやってくれと頼んだら、どうなるだろう。

石墨も息子の頼みにならば、応じてくれるのではないだろうか。

(何考えてんだよ、オレは。息子かどうかもわかんねえし、だいたい、青江が頼んだくら

いでＯＫするかどうかもわかんねえ。それに、ほかに方法がないって決まったわけでもねえ）

そう思いながらも、なぜか、思考は同じところに戻っていく。

たぶん、自分が頼めば、青江はやってくれるだろう。

だが、その結果、何を要求されるのかはわかっていた。

——あなたに側にいてほしい。あなたに触れることを許してほしい。どうか……卓也さん、お願いです。

卓也はふっと目を細め、窓の外を見た。

関東のそれとはまったく違う、優しい曲線を描く山々。

（もし、青江が呪具と引き換えにオレに自分のものになれって言ったら……オレはどうするんだろう）

透子の呪具のために身を投げだすのか、それとも薫への想いを優先するのか。

もし、ほかに方法がないとしたら——。

（いや、どうやっても無理だ。……っていうか、なんで、こんな妙なこと考えちまうんだ？　あのろくでもねえ夢のせいか？）

そう思って、卓也はため息をついた。自分は疲れているのかもしれない。

（でも……薫のためって言われたら、オレ、ＯＫしちまいそうだな。透子さんに何かあったら、薫はタガが外れちまう。自棄《やけ》になって、透子さんを連れて七曜会飛びだしていっちまうかもしれねえ。……オレのこと、喰っていこうとするかもしんねえ。そうなったら、困る)

自分が喰われること自体は怖かったが、最終的に薫がどうしてもと言えば、ＯＫするかもしれないとは思っていた。

以前は、それでもいいと思っていた。

しかし、今の卓也は「自分が喰われた後」について考えている。

筒井家に三ヵ月間の約束で預けられ、保護観察状態となった薫が自分を喰い、透子を連れて逃走したら、筒井家は薫の敵にまわるだろう。

敵にまわらなくとも、七曜会は筒井家に薫の処分を命じるに違いない。

今の七曜会に、薫と戦って倒せる退魔師はいないのだ。

卓也の父、筒井野武彦《つついのぶひこ》以外は。

父と叔父と姉たちが薫を殺しに行くのも、薫が自分の家族を殺すのも、卓也には耐えられなかった。

自分が喰われたことで、そんな地獄絵図が出現するのならば――喰われてはいけない。

何があっても。

薫がどんなに望んでも。

（なんか、頭んなか、ぐちゃぐちゃだ……。透子さんに何かあったら、こいつは絶対、おとなしくしてねえし、そうさせないためには透子さんを安全な状態にしとかなきゃいけねえし……。呪具がどうしても必要で、青江に頼む以外に方法がないとしたら……）

　ふいに、薫がボソリと言った。

「妙なことは考えるな」

　まるで、卓也の気持ちを読みとったような様子だ。

「え……？」

　びくっとして、卓也は薫を見た。

　まぢかにある漆黒の瞳には、怒りに似た色がある。

（まさか、オレの考えてること、わかるのか？）

　石墨のところでの会話から卓也が考えることくらいは、薫にも推測がつくのだが。

　卓也は、自分が感情を顔に出しやすい質《たち》だということを忘れていた。

「だって、ほかに方法がなかったら……」

　言いかけたとたん、鋭い目で睨《にら》まれた。

　言葉にしなくても、強い制止の意思は伝わってくる。

　卓也は、目を伏せた。

「ごめん……」

わかればいいというふうに、薫は小さくうなずいた。

雪白の指が卓也の手をギュッと握る。

（薫……）

たったそれだけの動作で、卓也は泣きたいような気持ちになった。

伝わってくる愛情と独占欲が、うれしくてたまらない。

薫は、自分のことを「他人に渡したくない」と思ってくれているのだ。

何度確認しても、やはり不安になってしまうから、こうして行動で気持ちを示してもらえるとホッとする。

薫は卓也の手を握ったまま、そっぽを向いて窓の外をながめはじめた。

照れているのか、何かほかのことを考えているのか、その表情からはわからなかった。

やがて、三十分ほどで、バスは勝浦の駅前についた。

＊　　　＊

「話は、聖司《せいじ》君から聞いたぞ」

野武彦が卓也と薫を奥座敷に呼び、静かに言った。

高木《たかぎ》邸に戻り、聖司に報告した後だった。

時刻は午後三時。少し傾きはじめた陽射しが、部屋の壁を照らしだしている。

「はい……」

卓也は、少し緊張して父の顔を見た。

シャワーを浴び、清潔な白いTシャツとジーンズに着替えている。

隣に座る薫は相変わらず、紫のスーツ姿だ。

山を下りてから、薫が何を考えているのかはわからない。それでも、振り向くと、かならず薫と目があう。

それは、薫がじっと自分を見つめているからなのだ。

(なんで、そんな目でオレのこと見るんだよ、薫……)

「石墨が青江の父親の可能性があるそうだな。いろいろな情報から判断して、その可能性は低い……と俺《おれ》は思うんだが」

「でも……手伝いっていうのは……その……そういう意味なんじゃねえのか?」

側にいる薫のことも気になって、はっきりと「半陽鬼を作る手伝い」とは言えなかった。

だが、野武彦には卓也の言葉の意味が通じたようだ。

「さあな。そこまでは俺もわからんが。聞くところによると、どうも青江はかなり大物の鬼の血を引いているらしい。それで、人間界の鬼たちも従っているという話でな。だとすると、いくら腕がよくても呪具師の石墨では筋が通らん。呪具師というのは、言ってみれば職人だ。鬼道界でも貴族の仕事ではない。……まあ、父親でなくても青江とつながっている可能性はあるから、用心しておいたほうがいいだろう」

「石墨は、危険なのかな」

ためらいがちに、卓也は尋ねた。

見た感じでは、そんなに悪い鬼には見えなかったのだが。

「気心が知れるまでは、油断はするな。鬼だからとか、人だからとか、そういう意味ではなくてな。おまえは優しい態度を見せられると、すぐに油断するから……」

困ったものだと言いたげな顔で、野武彦は釘《くぎ》を刺した。

以前、雨のなかで拾った仔猫《こねこ》を引きとってもらったので、卓也が青江を「いい人」だと思いこんだことを言っているのだろう。

（しょうがねえじゃん。いい人に見えたんだから……）

「気をつけます」

「本当に気をつけてくれよ、卓也。今朝、北辰門から青江が熊野に潜伏しているという知らせが入った。何が狙いかはまだわからんが、透子さんのガードを固めておいたほうがいいだろう。おまえも用心するようにな」

「青江、熊野にいるんですか……!?」

漠然と、不安な気持ちになる。あの夢のせいだろうか。

「そのようだな。今、北辰門は面子《メンツ》をかけて必死に青江を捜し、抹殺しようとしている。この状況で、青江がまだ関西にいるとは思わなかった。これから、熊野も騒がしくなるかもしれんな。北辰門から七曜会に、協力要請がないといいんだが……」

野武彦は、ため息をついた。

「石墨と青江を結ぶ線があるかもしれないという情報を聞かなければ、卓也と薫君には明日、また交渉に行ってもらうつもりだったが、しかたがない。石墨のところには、薫君と俺が行くことにしよう」

（え？　オレは？）

卓也は、目を見開いた。

隣に座る薫は初めて聞かされた話だろうに、顔色一つ変えない。

（オレはのけものかよ）

そんな息子の気持ちがわかったのか、野武彦は穏やかに言葉をつづけた。

「おまえを外すわけではない。ここは、俺が出ていって、大人同士の話をしたほうが早いだろうというだけのことだ。これが、おまえと薫君の任務であることには変わりはない」

「はい……」

そう言われても、納得できるものではなかった。

斜面から転がり落ちてしまったことも、石墨を怒らせてしまい、説得がうまくいかなかったことも、卓也自身のミスだ。

それを挽回《ばんかい》するチャンスをくれないで、父親がさっさと手を出し、最短距離で物事を解決しようとするのか。

（わかってるよ。そのほうが賢いってのは。でも、じゃあ、オレの立場は？）

ぐるぐると思い悩んでいると、野武彦がため息をついたようだった。

「今日、崖《がけ》から転がり落ちただけでは足りないのか。明日、むこうに青江が待っていたら、どうする気だ、卓也？」

「……戦いますけど」

「おまえの気持ちはわかるが、俺はおまえをなるべく、青江とは接触させたくない。明日はここで、透子さんをガードしていてくれ、卓也」

その言葉には〈鬼使い〉の統領ではなく、父親としての情がこもっていた。

野武彦は、青江が卓也を狙っているらしいということをうすうす、察していたのだ。

もし、石墨が青江とつながっているとしたら、そこにのこのこと卓也が顔を出すのは危険すぎた。

なるべくなら、青江とは接触させたくない。

石墨が卓也にとって安全だと確認するまでは、庵には行かせたくない。

だが、そんな父親の気持ちは卓也にはわからない。

（結局、オレは半人前あつかいなのかよ……）

「はい……。わかりました」

目に見えて落ち込んだ卓也を見ながら、野武彦は自分の二の腕を掻《か》いた。

なんと言えば、息子が納得するのかと思い悩んでいるふうにも見える。

だが、結局、野武彦はそれ以上、息子をフォローしようとはしなかった。ただ、薫のほうを見て、尋ねる。

「君のほうは、異存はないな」

「はい」

薫は、無表情にうなずいた。

＊　　　＊

（親父のバカ……）

落ち込みながら、卓也は高木邸に通じる坂道を上っていた。

手に、スナック菓子とジュースのペットボトルの入ったビニール袋を下げている。近所にある雑貨店に行ってきた帰りである。

時刻は、そろそろ午後四時半になろうとしていた。

じりじり照りつける西日が暑かった。

薫はあの後、野武彦に連れられて、明日の準備のために車で屋敷を出ていってしまった。

置き去りにされたようで、卓也は面白くない。

その時、高木邸の玄関先に白いワンピースの少女が立っているのが見えた。

透子だ。手にブリキのジョウロを持っている。どうやら、花に水をやっているらしい。

今日の透子は、体調がいいようだ。

卓也は、足早に透子に近づいた。

「こんなところに一人でいて、大丈夫ですか、透子さん」

玄関先とはいえ、青江クラスの退魔師ならば、透子をひっさらい、誰かが駆けつける前に逃げることはできる。

不用心なのはたしかだった。

「家のまわりなら、大丈夫だって言われたんですけれど」

少し困ったように、透子は小首をかしげてみせる。

「青江が熊野に潜伏してるんですから、用心してください。部屋に入りましょう」

先に立って、卓也は建物のほうに歩きだした。

透子はため息をついてジョウロを置き、卓也の言葉に従った。不満なのだろうが、それは顔には出さない。

そんな透子の姿を見て、卓也はハッとした。

(頭ごなしに言っちまって、悪かったかな。透子さんを護るためなんだけど……)

自己嫌悪がこみあげてくる。

よく考えれば、父親が自分にしたことと同じことを、自分は透子にしている。

安全を第一に考え、相手の気持ちなど二の次で、こちらの都合で指示してしまった。

透子はいい子だから、ムッとしたり、逆らったりはしないが、面白くはないだろう。

せっかく、透子はリラックスしていたのに。

「あの……すみません、透子さん。オレ……」

言いかけた時、透子が卓也の顔を見あげた。

「卓也さん、お兄ちゃんの手を放さないでくださいね」

ひどく不安げな様子だ。

「え？　薫、どうかしたんですか？」

卓也は、心配になった。

透子は、答えようかどうしようかと迷うような目をした。

それから、意を決したように言う。

「最近、お兄ちゃんはとても苦しそうなんです。でも、私じゃ、お兄ちゃんをどうしてあげることもできないから。お兄ちゃんには、卓也さんが必要なんです。もしかして……お兄ちゃんの鬼の部分が嫌になるかもしれないけれど、信じてあげてくださいね」

「透子さん……」

卓也は一瞬、目を閉じた。

薫を苦しめているものは、やはり、自分の身体から立ち上る甘い香りだろうか。

(やっぱり、側《そば》にいるときついんだ……)

自分に見えないところで、薫は苦しんでいる。

このまま、薫の側にいていいのか。いっそ、距離を置いたほうがいいのか。

同じ半陽鬼の透子なら、何かアドバイスしてくれるかもしれない。

少しためらって、卓也が口を開こうとした時だった。

二人の視界を白い小鳥が横切った。

「あ……」

透子が小鳥のほうに目をむける。卓也も小鳥の動きを目で追いかけた。

「もしかして、文ちゃん？　逃げたのか？」

あの小鳥は、高木が飼っている文鳥ではないだろうか。普段は、エアコンをかけた部屋のなかで窓を閉めて放し飼いにしている。

だが、暑い時期なので、どこかの部屋の窓から逃げだしたらしい。

小鳥は低い位置を飛んでいるので、卓也にも捕まえられそうだ。

「こら！　逃げちゃダメだろ！　猫に襲われるぞ」

追いかけ、両手をのばして、小鳥をキャッチしようとする。

けれども、文鳥は卓也の手をすりぬけ、横にいた透子の白い手のなかにふわりと着地した。

「捕まえて、透子さん！」

そう言ったが、すぐに文鳥が逃げないのに気づく。

（すげえな）

そういえば、薫も野生の鷗《かもめ》を手にとまらせていた。

もしかしたら、半陽鬼には翼のある生き物を呼びよせるような力があるのだろうか。

卓也は思わず、ほう……とため息をついた。

やはり、白いワンピースの美少女と文鳥という取り合わせは絵になる。

そう思った次の瞬間だった。

透子の手にとまった文鳥が苦しげな鳴き声をたて、地面に落ちていった。

（嘘《うそ》……！）

地面に転がった文鳥は目を閉じ、脚を縮めて動かなくなっていた。

透子はびくっとして、両手を引き、一歩後ずさった。大きく見開かれた目に、驚きと不安の色がある。

(死んだ……?)

卓也の背筋が、ざわっと冷たくなった。「どうして」という言葉が、頭のなかでリフレインする。

「嫌……」

透子の唇から、かすかな声がもれた。

顔色は白いのを通りこして、真っ青だ。今にも泣きだしそうに、唇が震えている。

「透子さん」

とっさに、透子を落ちつかせようとして、卓也は手をのばした。

だが、透子が火傷したように後ろに下がる。

「ダメ!」

必死に卓也を見る瞳には、懇願《こんがん》するような光がある。

(まさか……触ったら、オレも死んじまうと思ってるのか?)

あらためて、そう気がついて、卓也は全身の毛穴から一気に冷や汗が噴きだしてくるのを感じた。

文鳥を殺したのは、透子のなかの陰の気だろうか。

透子は、ゆるく首を横にふっている。何度も何度も。

（どうしよう……。透子さんを慰めなきゃなんねえのに……。それに、文鳥が死んじまったこと、高木さんになんて言えばいいんだろう……）

その時だった。

「どうしました、卓也君？　透子さん？　声がしましたが……」

異変を察知したのか、屋敷のなかから聖司が出てきた。今日も白い狩衣姿だ。

「叔父《おじ》さん……」

卓也は、すがりつくような目で叔父を見た。

聖司の視線が、地面に落ちた小鳥の死骸《しがい》にむけられる。

「なんですか？　……小鳥ですか？」

「死んじゃったみたいなんだ……」

透子のせいだとは、とても言えない。

「見せてごらんなさい」

聖司は落ち着いた表情で近づいてきて、卓也たちの足もとで動かなくなった小鳥を拾いあげた。

「どうやら、透子さんのなかの陰の気にあてられたようですね」

静かな声で、聖司が言う。

透子は無言のまま、目を見開き、聖司をじっと見つめた。

（やっぱり？）

暑い陽射しの下だというのに、卓也は全身が氷のように冷えていくような錯覚を起こしていた。

これほどに、透子のなかの異変は進行している。

外から見ただけではわからないが、内部では陰の気が荒れ狂っているのかもしれない。

聖司は、小鳥の上に右手を翳《かざ》した。

「急々如律令《きゅうきゅうにょりつりょう》！」

聖司が唱えたとたん、小鳥の目がパチッと開いた。

何事もなかったように起きあがり、ピッピッと小さく鳴く。

（生き返った……⁉）

信じられなくて、卓也は叔父の白い顔を凝視した。

「何したんだ、叔父さん？」

「ちょっと霊気を送りこみました。気絶していただけですから、大丈夫ですよ」

やわらかな声で、聖司が言う。

（気絶……？）

地面に転がっていた文鳥の無惨な姿は、まだ目の裏に焼きついている。

あれが、本当に気絶していただけだったとは信じられなかった。

(でも、気絶してたんだ。よかった……)

卓也は無理にも、自分にそう思いこませようとした。

透子も「よかった」と呟いて、自分の手を見下ろした。

その頰の色は真っ青で、瞳には不安の色がある。

聖司は優しい仕草で、透子の肩に軽く触れた。

透子は怯《おび》えたような目をしたが、聖司は落ち着いた様子でうなずいてみせる。

卓也も無意識に止めていた息を吐いた。

聖司も倒れたら、どうしようかと思ったのだ。

「びっくりしましたね。でも、透子さんのなかの陰の気は、私たちが側で普通に暮らすぶんには危険はありませんよ。もちろん、卓也君が透子さんに触っても安全です。そんなに神経質にならず、いつものように暮らしましょうね、透子さん」

聖司は穏やかな顔で言って、微笑んだ。

透子は泣きだしそうな目で聖司を見上げ、笑みをかえす。ひどく、ぎこちない微笑だった。

痛々しさに、卓也は目をそらしたくなった。

＊　　＊

夕方、卓也は戻ってきた薫に透子と文鳥の話をした。

薫は「わかった」とボソリと言ったきり、それ以上、透子のことには触れなかった。

だが、薫は薫なりにショックを受けていたのかもしれない。

夜十時をまわっても、薫は卓也のいる八畳間には戻ってこなかった。

さっき風呂《ふろ》に入った後、廊下ですれ違ったが、無言で透子の中座敷に入っていってしまった。今も、透子の部屋にいるらしい。

（心配だよな……）

ため息をついて、卓也は携帯電話のメールの送信ボタンを押した。

高木の妻が用意してくれた浴衣に着替えている。浴衣は白地に紺で蜻蛉《とんぼ》の柄が染めぬかれていた。帯は抹茶色の縞模様《しまもよう》だ。

湯上がりの身体《からだ》は熱く、素足の指がピンクに染まっている。

メールの相手は、高校の先輩たちである。

いつもなら、すぐ返事がくるのに今夜にかぎって返信が遅い。

気を紛らわすために何かしたくても、自分の家ではないので、部屋にテレビはないし、ゲームもない。数日前に買ったマンガ雑誌も、とっくに読み飽きてしまっている。携帯サイトをめぐって遊ぶのにも、限度があった。

こんな夜に一人でいるのは、たまらなかった。

することがないと、悪いことばかり考えてしまう。

できれば、叔父と話をしたかったのだが、聖司と野武彦は居間で高木も交《まじ》え、今後の相談をするという。

不二子《ふじこ》は入浴中だ。湯上がりには一、二時間かけてマッサージをしたり、怪しげな美顔器を使ったりするので、その憩《いこ》いの時間を邪魔すると容赦なく鉄拳《てっけん》が飛んでくる。

本当は、一番、薫と話をしたかった。

今は、透子の側にいるほうが大切なのはわかっていたが。

不安でたまらない。薫に側にいてほしかった。

薫が自分の側で落ち込んだり、頼ったりしてくれないのが寂しい。

(なんで、こっちの部屋にぜんぜん戻ってこねえんだよ)

もしかしたら、薫は自分を避けているのだろうか。

大事な時に自分の腕を必要としてくれないなら、一緒にいる意味はあるのだろうか。

(いや、考えるな。薫だって大変なんだ)

卓也はもう一度、ため息をつき、青畳にごろんと横になった。

当人は入浴したての自分の姿が薫の目にどう映るのか、まったくわかっていない。

清潔な肌から立ち上る香りがどれほど甘く、鬼を酔わせるのかも。

通常の状態ならば、薫も自制できるかもしれない。

だが、透子のことで動揺している状態で甘い香りを嗅《か》げば、どんなことになるかもわからない。

薫は不慮の事態を避けようとしているのだが、卓也にはそんな薫の配慮はまったく通じていなかった。

(ちょっと庭でも散歩してくるかな)

卓也は勢いよく起きあがり、ぬるくなったペットボトルの緑茶を飲み干し、廊下に出た。

＊　　＊

薄暗い玄関のほうにむかって歩きだした時だった。

卓也は、廊下の窓のむこうが淡く光っているのに気がついた。

(なんだ?)

窓のむこうは広い日本庭園だ。夜のなかで、ひときわ黒く見える場所は池である。

その池の真ん中で、不思議な光の点が乱舞している。

(何かいるのか……?)

気になって、卓也は庭に滑り出た。

高木の居間は、庭とは反対側の棟にある。不二子のいる部屋の窓も、こちら側にはむいていない。

あの光に気づいているのは、卓也だけらしい。

乱舞する光は、呼吸するようにゆっくりと明滅をくりかえしている。

蛍だろうか。

八月のこんな時期にもなって、蛍がいるのが不思議な気もした。

(なんで、あんなに蛍が……)

足もとに気をつけながら、池の側に近づいていくと、蛍の群れのなかに誰かが立っているのが見えた。

夜よりも暗い髪、雪白の肌、紫のスーツをまとった優美な姿。

(薫……!)

どうして、池のなかに入ったりしたのだろう。それに、あの蛍はなんだろう。

呼びかけようとして、卓也はわけのわからない違和感を覚えた。

何かがおかしい。

（薫だけど……。なんか、変だ……）

数秒遅れて、違和感の正体に気づく。

薫は沈みもせず、池の水面に立っているのだ。

その足もとから、かすかな銀色の波紋のようなものが広がっていく。

（水の上に……立ってる……!?）

薫が、ゆるやかに夜空を振り仰ぐ。

紫のスーツのまわりを蛍たちが憧《あこが》れるように飛び交い、しだいに夜空にむかって高く昇ってゆく。

よくよく視《み》ると、薫の全身から、霞《かすみ》のような霊気がかすかに立ち上っている。

その光景は、現実のものとは思えない。

まるで、このまま、夜のどこかに消えてしまいそうな姿だ。

「薫！」

たまらなくなって、卓也は呼びかけた。

薫がハッとしたようにこちらを見、水面を歩いて岸辺に戻ってくる。

蛍は呼び集めていたものがなくなったように散り散りになり、池のあちこちで明滅しはじめた。

トンと軽い音をたて、薫が岸辺に降り立つ。

「何やってたんだ、あんなとこで？」

不安で不安で、たまらなくて、卓也は薫に近づき、スーツの袖《そで》をつかんだ。

薫は、無表情に卓也を見下ろしてくる。

透子のことを心配しているのか、それともほかのことで悩んでいるのか。その表情からは、わからない。

「何も」

「嘘だ……！　おまえ、どっかに消えていきそうに見えた……。あと半月なんだから、どこにも行くなよ……！　頼む」

八月半ばまで我慢すれば、野武彦の監督下から自由になり、自分の意思で好きな時に好きなところに行くことができるようになる。

だが、その前に勝手な行動をとれば、薫は七曜会への再登録を拒否され、退魔師としての活動を禁じられてしまうかもしれない。

そうなれば、卓也と一緒に過ごすことなど、夢のまた夢になってしまう。

薫にも、そんなことくらいはわかっているはずだ。

監督責任者の野武彦に黙って、勝手に姿を消すことはしないとも約束している。

しかし、卓也は心配でたまらない。

それほど、たった今、目にした光景がショッキングだったのだ。

水の上に立つなど、人間にはとうていできないことだ。

どんなに半分は人だと言ってみたところで、薫のなかには鬼の血が流れている。

それを思い知らされたような気がした。

薫は、卓也の浴衣の肩にそっと触れた。

「よくない。側にいると」

胸の奥から吐きだすようにそう言って、美貌《びぼう》の半陽鬼は黙りこんだ。

卓也は、何かを押し殺すような闇色《やみいろ》の目を見上げた。

その薫の眼差《まなざ》しを見ただけで、卓也にはわかった。

以前にも、何度か見たことがある瞳だ。

日光《にっこう》で、香港《ホンコン》で、冬の東京で。

「喰うかも……しれねえってことか？」

薫は、うなずいてみせる。

夜のなかで、薫の瞳の表情はよくわからないが、何かに懸命に耐えるような気配が伝わってくる。

（ああ……。じゃあ、そのことを考えてたんだ。たった一人で、池の真ん中で）

きっと、薫は透子のなかの陰の気が予想以上に強まっていることを知り、この先、どうするべきかと迷っていたのだろう。

呪具を作ってもらう努力をするのか、七曜会を飛び出し、透子を連れて日本全国をさすらうのか、それとも他の道を探すのか。

思い迷ううちに、薫はいっそ、自分を喰って、すべてを終わらせてしまおうと思ったのかもしれない。

それほどに、つらいのか。

卓也は、今の薫になんと言っていいのかわからなかった。

生きて、薫と一緒に幸せになりたいと思っていた。

薫にも、それは痛いほどわかっていたろう。

半陽鬼である薫には、鬼だけではなく人の世界の価値観もわかる。

薫のなかの人としての半分は、愛しいものとともに生きることを喜びと感じているはずだった。

それでも、透子の異変は薫を激しく動揺させてしまったのかもしれない。

「もう我慢……できねえのか?」

ポツリと、卓也は尋ねた。

生きつづけていたいと思う。

だが、本当に薫が我慢できなくなったのだとしたら。

自分の命をあたえるべきなのだろうか。

（いや、ダメだ。オレが喰われたら、結果的にみんな死んじまう。薫も透子さんも、オレの家族も……）

薫は、その問いには応えなかった。

想いをこめた眼差しが、すべての応えだった。

おまえが欲しいと、漆黒の瞳が語る。

卓也は、ゆっくりと首を横にふった。

「ダメだ……薫。おまえのことは好きだけど、喰わせてはやれねえ」

薫も、首をふる。

切なげに。

「どうしても、喰うのか？」

薫が本当にそう決意したのなら、自分はどうするべきなのだろう。

（抵抗するのか？　戦う？　……戦って、薫を殺す？）

そう思った自分にゾッとして、卓也は目を見開いた。

そんなことは耐えられない。

胸から喉まで石がつまったようになって、視界が歪《ゆが》む。

「薫……」

声は自分でもおかしいほど、かすれ、嗄《しわが》れていた。

ポタリ……と涙がこぼれ落ちる。

「嫌だ……薫……」

言いかけた時、強く抱きすくめられた。

唇に唇が重なる。

「ダメ……だ……」

抗《あらが》う手を握りこまれ、薄く開いた唇を割られ、いっそう深く口づけられる。

凶暴なキスに、頭の芯《しん》が甘く痺《しび》れていく。

このまま、喰われてしまうのだろうか。

抵抗しようと思うのに、身体に力が入らない。

抱きあげられ、奥の部屋に運ばれながら、卓也はギュッと目を閉じた。

助けを呼びたくても、声が出ない。

畳にそっとおろされ、頬を包みこむようにして何度も目蓋《まぶた》や額に口づけられる。

この美しい鬼は自分を喰おうとしているはずなのに、どうして、こんなふうに優しく触れてくるのだろう。

(オレ……死ぬのか)

「死にたく……ない……」

弱々しく動かした唇を片手でふさがれ、まぢかに瞳をのぞきこまれる。

妖艶《ようえん》で、そのくせ、どこか悲しい目がじっと卓也を見下ろしていた。

恋人たちは、薄暗がりのなかで互いの目を見つめあった。

薫の肩ごしに、檜《ひのき》の板張りの天井と障子紙を貼《は》った丸い和風の電灯が見える。欄間《らんま》の上には、立派な水墨画の額がかけられていた。

卓也は、重なりあった互いの胸の速い鼓動を聞いた。

もう一度、深く唇があわさる。

（こいつの舌……嚙《か》みちぎったら……）

ちらりと胸の奥で思いはしたが、そんなことはできないとわかっていた。

喰われるのは怖いと思っていたのに、こうしてキスされていると頭の奥が真っ白になって、何もかもどうなってもいいような気さえしてくる。

卓也の浴衣の裾を割って、しなやかな指が滑りこんでくる。

（あ……）

卓也の肩がびくんと震えた。

薫は何かに耐えるような瞳になって、卓也の顔をじっと見下ろしてきた。

「卓也……」

口には出さないが、瞳は「喰いたい」と語る。

ゆっくりと肩に顔が近づいてきたかと思うと、浴衣の上から強く嚙まれた。

「くっ……」

痛みと裏腹の快楽に、卓也は身をのけぞらせた。

妖《あや》しい戦《おのの》きが腰から背骨を伝い、うなじに到達する。

（オレは……喰われる……）

押しのけるべきだと思ったが、そうできなかった。

何かに突き動かされるようにして、卓也は薫の背中をギュッと抱きしめた。

こんな瞬間でさえ、愛しい。愛しいと思う。

「愛……してる……」

呟いた時、薫の動きが止まった。

卓也は自分の肩に歯をたて、そのまま喰い破ろうとしていた半陽鬼が泣いているのを感じた。

鬼は、泣かない。

薫も決して涙は流さない。

だが、卓也の胸に流れこんでくる薫の心は泣いていた。

行き場を失って、不安で恐ろしくて。

卓也を欲しいと思う鬼の心と、卓也を喰って失うことに怯《おび》える人の心が、同時に薫のなかでせめぎあっていた。

「バカだな……」

震えながら、卓也は薫の頭を両腕で抱えこんだ。

薫は卓也の首の付け根に顔を埋め、首筋に唇を押しあててきた。

その肌の温もりと少し速い呼吸。

今、頸動脈《けいどうみゃく》を嚙み破られれば、すべてが終わる。

わかっていたが、今は何も怖くなかった。

「どっちにしたいのか、わかんねえんだ……。ホントにバカな鬼だな」

「バカと言うな」

かすかな声が、耳もとで聞こえた。

その声が震えているように聞こえたのは、卓也の気のせいだろうか。

薫はゆっくりと上体を起こし、卓也の顔を見下ろした。

闇のなかで見る薫の顔は、大人びたいつもの薫のそれではなく、途方に暮れた十七歳の少年のものだった。

卓也は目を開き、そっと手をのばして、薫の頰に触れた。

やはり、その頰は濡れてはいない。それでも、指先から切なさが伝わってくる。

薫がわずかに首を曲げ、卓也の手のひらにキスをする。

鬼としての仕草ではなく、人としての愛情のこもった仕草だった。

「オレを喰えば、なくなっちまうぞ。おまえを抱きしめてやれなくなる」

薫の髪を撫でると、半陽鬼はおとなしく、卓也の胸に頭を載《の》せてきた。

二人はそのまま、身をよせあって、互いの胸の鼓動を感じていた。

卓也は、薫のつらさを思った。

今まで、薫は透子とよりそうようにして、半陽鬼としての悲しみや苦しみを分かち合い、じっと耐えてきた。

薫の立場や気持ちを完全に理解できるのは、たぶん、透子だけだろう。

透子は長いこと、卓也にできないところで、薫の苦しみを受け止めてきたはずだ。

だが、その透子が精神的にまいってしまった。

こうなった今、薫はどこで自分のつらさを吐きだせばいいのだろう。

（オレんとこしかねえじゃん）

わかってやれなかった。

自分のことばかり考えて、年下の薫によりかかろうとした。

「ごめんな、薫」

なんのことだと尋ねるように、薫が卓也の顔をのぞきこんでくる。

その手はいつの間にか、決して放さないというふうに、しっかりと卓也の手をつかんでいる。

「喰わせてやれなくて」

薫は、しばらく黙りこんでいた。

それから、ボソリと呟く。

「いつか喰う」

「……かもな」

二人は、どちらからともなく唇をあわせた。

喰らうためではなく、愛情を確認するために。

（薫……）

嵐《あらし》は過ぎ去ったのだろうか。

それとも、これはもっと大きな嵐の前触れなのか。

卓也には、それはわからなかった。

薫の指が浴衣の上から、ねだるように卓也の肌をそっとなぞりはじめる。

＊　　＊

同じ頃、高木邸の居間で聖司が顔をあげた。

ちゃぶ台の上に、熊野の地図が広げられている。

野武彦と高木が、地図をのぞきこんでいた。

ちゃぶ台の横には大きなトレイが置かれ、高木の妻の心づくしの簡単な食事と冷たい麦茶の入ったプラスチックの容器、缶ビールが数本、それにガラスのグラスが三つ載っていた。

「熊野に鬼が隠れ住んでいるとしたら、このあたりかもしれません。昔から、このあたりには天狗《てんぐ》が出ると言われておりましてな」

高木が、地図の一点を示す。

「天狗？　鬼ではなくて、ですか？」

野武彦が眉根をよせる。

「神隠しが起きるので、天狗だということになったのでしょう。だが、それが天狗ではなく、鬼たちの仕業だとしたら……」

「なるほど」

話し合う二人の横で、聖司はふっと目を細めた。

（今、何か座敷のほうで気配が……。いえ、気のせいでしょうか）

気がつけば、薫と卓也の気配が感じられなくなっている。

まるで、二人だけで秘密の結界のなかに閉じこもってしまったようだ。

（これは……まずいかもしれませんね）

思わず、聖司は腰を浮かせかけた。

「聖司君、どうした？」

野武彦が、麦茶のグラスを片手に尋ねてくる。

卓也と薫の気配の変化に、気づいていないのだろうか。

「いえ……。ちょっと」

聖司は、立ちあがった。

その背にむかって、野武彦が静かに言う。

「彼らは彼らでうまくやっているはずだから、こちらが変に刺激すると逆効果になるかもしれんぞ」

聖司はゆっくりと振り返り、まじまじと義兄を見た。

めずらしいことを言うものだと思った。いったい、いつの間に宗旨《しゅうし》替えしたのだろう。

「お義兄《にい》さんは、それでいいんですか？」

「なんの話だ、聖司君？」

野武彦は、怪訝《けげん》そうな目をする。その隣で、高木も不思議そうな顔をしている。

聖司は、わずかに首をかしげた。

「あの二人のことではないのですか？」

「俺は、熊野の鬼たちのことを言っているんだが」

野武彦は眉根をよせ、顎《あご》の無精髭《ぶしょうひげ》をさすった。

「あ、それは失礼しました。……そうですね。やぶ蛇になるといけません。ただ、『公子』が何者かは気になります」

聖司はやんわりと微笑み、もう一度、腰を下ろした。

野武彦も片方の眉をあげたものの、それ以上、追及はしない。

「そうだな。鬼道界で『公子』といえば、羅刹王《らせつおう》の息子だが……」

会話は、淡々と進んでいく。

高木も、何事もなかったような顔つきだ。

（逆効果か……。そうかもしれません。追いつめて、薫君が卓也君を喰って出奔《しゅっぽん》ということにでもなったら、誰にとっても悲劇です）

ため息をついて、聖司は缶ビールに手をのばした。

野武彦が「飲むのか？」と言いたげな顔をする。真面目な話し合いの最中に、不謹慎だと思っているのかもしれない。

しかし、聖司はかまわず、プルトップを引いた。

飲まなければ、耐えられない夜というものがある。

（なんとか止めねばなりませんが……さて、どうしたものか）

＊　　　＊

闇のなかで、押し殺した喘《あえ》ぎ声《ごえ》がする。
「んっ……あ……薫……」
立てた両膝のあいだに、薫が屈みこんでいる。
卓也は薫の髪をつかみ、身をよじった。
浴衣の帯はゆるみ、上気した太股《ふともも》がむきだしになっている。
どうしてこうなったのかは、もうわからない。
薫は不安を忘れたくて、その行為に没頭しているようだった。
舐《な》めあげられるたびに声が漏れそうになって、卓也は懸命に耐えていた。
（恥ずかしい……）
思えば、これが二度目の行為である。
何が起きるのかわかっているだけに、よけいに恥ずかしくてたまらなくなる。
痛いほどに張りつめた先端をくわえられ、強く吸いあげられる。
「ふ……あっ……ああああああーっ！」
びくんびくんと身体が震える。

卓也は真っ赤になり、両手で自分の唇を押さえた。

（どうしよう……オレ……）

薫がゆっくりと顔をあげ、ペロリと自分の唇の端を舐めた。

満足げな吐息が聞こえた。

「甘い」

呟く声にかすかに身震いして、卓也は畳に肘《ひじ》をつき、起きあがろうとした。

しかし、全身の力がぬけてしまっていて、起きあがることができない。そのまま、うつぶせに横になってしまう。

背後から、薫がのしかかってくる。

期待と不安で、背筋がぞくりと痺れた。

（ダメだ。オレ、おかしくなる……。これ以上、触られたら……）

薫に触れられるのは気持ちがいい。

舐められるのは、もっと気持ちがよかった。

貫かれたら、きっと気がおかしくなる。

「ダメ……だ」

弱々しく抗う卓也の身体を押さえこみ、薫がうなじに唇をよせてくる。

「やぁ……っ……」

その時だった。

薫が素早く顔をあげ、あたりを見まわす気配があった。

(え?)

数秒後、薫が背中から離れた。

卓也も慌てて起きあがり、乱れた浴衣の胸もとをかきあわせる。

(やべえ。見つかったか? 叔父さん?)

どうしていいのかわからない。

羞恥に耳がカーッと熱くなってきた。

薫が無表情に卓也の帯を直し、隣に腰を下ろす。誰が来るにしても、こんな状態の卓也を置いて逃げるつもりはないようだ。

卓也は真っ赤になったまま、畳に座りこんだ。まだ肌が火照《ほて》っている。

深呼吸して、懸命に別なことを考えていると、廊下のほうから足音が聞こえてきた。

一瞬、ドキリとしたが、聖司の足音とは違うようだ。

薫も廊下のほうを見、ふっと緊張を和らげた。

「ちょっと、卓也ぁ? いるの?」

足音につづいて聞こえたのは、不二子の声だった。

「いるけどー?」

声が震えそうになるのをこらえ、あえて普通の声を出そうとする。

月明かりが畳に窓の影を落としている。

薄暗い廊下のむこうから、ぼうっと白っぽい人影が現れた。

「あ、そこにいたんだ、卓也。薫君も」

団扇《うちわ》を手にして近づいてきたのは、白地に紺で鬼灯《ほおずき》柄の入った浴衣を着た華やかな美女だ。湯上がりなのか、脱色した長い茶色の髪は上手にまとめ、アップにしてある。

どうやら、マッサージや美顔器は省略したようだ。

「叔父さんが西瓜《すいか》切ったから、みんなを居間に呼んでこいって。血相変えて何言いにくるのかと思ったんだけど、なるほどねえ。そういうことか」

不二子は二人を見て、ニヤリとした。

「な……なんだよ。『そういうこと』って」

薫とのことを気づかれたのだろうか。喉から心臓が飛びだしそうになっている。

不二子は団扇をパタパタさせながら、薫のほうを見た。

「野暮なこと言う気はないけど、保護観察期間の三ヵ月が終わるまでは、おとなしくしてたほうがいいんじゃないのかな」

「…………」

薫は、黙って不二子の顔を見た。

何を考えているのかは、その表情からはわからない。

普段は、薫は卓也の母親と姉たちには笑顔を惜しまないのだが。

不二子は、苦笑したようだった。

「薫君、うちの親父はあんな態度だけど、あんたと透子さんの行く末のことは真剣に考えてくれてるんだよ。〈鬼使い〉の統領として、ご両親のいない二人を引き受けた以上、この先もきっちり保証人になってくれると思う。このあいだも、薫君たちさえよければ、三ヵ月間の保護観察期間が終わってからも、しばらく、うちで暮らしてもらいたいって言ってたよ」

「ホントかよ？」

卓也の声が弾む。

薫たちの身のふりかたについては、心配していたのだ。

また、離れ離れになって、なかなか会えなくなったら寂しいと思っていた。

薫も少し驚いたような目になっている。

まさか、野武彦がそこまで考えていてくれたとは思わなかったのだろう。

不二子は、ため息をついた。

「だからこそ、親父を裏切っちゃダメだってのはわかるね？」

「……うん」

さっきまで、薫としていた行為を思い出し、卓也は重苦しい気分になった。

今は、本当にそんな場合ではなかったのに。

(流されて……ダメだ、オレ。最低だ)

「親父は顔には出さないけど、いろいろ心配してるんだよ」

「うん……」

「薫君も、早まったことをしちゃダメだ」

不二子は薫をじっと見、低く言う。

薫はしばらく黙って不二子の顔を見ていたが、やがて、小さくうなずいた。

何のことで釘《くぎ》を刺されたのか、わからない薫ではないだろう。

どこかで、打ち上げ花火の音がした。海のほうで、観光客たちが遊んでいるのだろうか。

「じゃあ、居間に行くよ」

不二子は、先に立って歩きだす。

卓也も大きく息を吸いこんで、立ちあがった。腰が砕けたらどうしようと思ったが、少し休んだせいか、普通に歩ける。

長い廊下を歩きながら、不二子がボソッと言った。

「ところで、卓也、おまえ……最近、夜中にうなされてるんだって?」

ドキリとして、卓也は不二子の顔を見た。

「え……!?　知ってたのか?」

「みんな知ってるよ。たぶん、叔父さんも親父もね。薫君も知ってるんじゃないのかい?　同じ部屋なんだしね」

「薫も?」

思わず見ると、薫は無表情になって、すいと視線をそらす。

どうやら、知られていないと思っていたのは、自分だけだったらしい。

「知ってたのか。みんな……」

口には出さないが、父親も叔父も心配していたのかもしれない。

「そりゃあね。あれだけ、毎晩つづけばね。……悪夢でもみてるのかい?　薫も」

「まあね……」

夢の内容を話すべきかどうか、卓也は一瞬迷った。

しかし、隠せば、よけいに心配をかけてしまうかもしれない。

卓也は誘惑されるところははぶいて、不二子と薫に青江の出てくる夢のことを話した。

不二子は、黙って聞いていた。

薫も、無言のままだ。

「……やっぱり、ただの夢じゃねえのかな?」

小さな声で、卓也は呟いた。

不二子が弟の顔を見あげて、答える。

「ただの夢じゃないよ。たぶん、夢の通《かよ》い路《じ》ってやつだね」

「ゆめのかよいじ？」

聞き慣れない言葉に、卓也は首をかしげた。

「夢のなかに道を開く術のことだ。強い妖力のある鬼だけが使える術みたいだよ。羅刹王とか黒鉄《くろがね》クラスじゃないと、難しいんじゃないかな」

だとすると、鬼道界でもごく一握りの鬼たちにしか使えない技ということになる。

「マジ⁉　青江が羅刹王とか黒鉄クラス⁉　そんなに強いのかよ、あいつ」

卓也は、目を見開いた。

青江が強敵だろうというのはうすうす感じていたが、羅刹王ほどの力を持つ存在とは思っていなかったのだ。

「半陽鬼は強いからねえ。薫君だって黒鉄公子と同じか、それ以上に強いはずだし」

「マジかよ……。じゃあ、オレ、どうしたらいいんだ？　夢んなかに青江が入ってきちまってるんだろ？　やばくねえ？」

不安が足もとから這いあがってくる。

「直接、本人が生身の状態で来てるってわけじゃないよ。ただ、青江の夢とおまえの夢がつながって、両方で同じ夢をみてるんだ。そういう状態は、暗示がかかりやすくなってるから、要注意だね」

「わかった……」

(……っていっても、注意のしようがねえんだよな。眠らないわけにはいかねえし)

卓也は、身震いした。

傍らに立つ薫は、どことなく面白くなさそうな目をしている。

卓也と青江の夢がつながっているというのが、気に入らないのだろうか。

「その夢の通い路って、遮断できねえのかな?」

「さあねえ。ただの夢じゃないから、どうだかわからないけど、もしかしたら、枕を変えるだけでいいのかもしれないし、呪符一枚貼るだけでもいいのかもしれない。夢ってのは、ちょっとしたことで外部からの影響を受けるからね。そのへんは、親父とも相談してみよう」

「うん……」

「心配しなくて大丈夫だよ、末っ子。なんとかなるさ。……透子さんのこともね」

不二子は卓也の浴衣の背中をどんと叩き、歯を見せて笑った。

(相変わらずだな、不二子姉ちゃん)

顔をしかめながら、卓也も笑みをかえした。

前途に希望は、あまりない。
それでも、あきらめずに一番明るい道を選んで歩くしかない。
いつか、一面の光に出会う日まで。

＊　　＊

数分後、透子のいる中座敷の襖《ふすま》が音もなく開いた。
中座敷に入ってきたのは、薫である。
「透子」
薫は、心配そうな声で妹を呼んだ。
透子は、薄暗い窓際でぼんやりしている。
電気はつけていない。月明かりが、透子の肌を青白く照らしだしていた。
透子は西瓜を食べに来いと誘われて、断ったらしい。
それを知った薫は卓也を居間に置いて、さっさと中座敷に戻ってきたのだ。
ようやく、兄に気づいたのか、透子が振り返った。
「お兄ちゃん？」
薫は透子の傍らに寄り、畳に膝をついた。

「卓也さんと会っていたの？」

小さな声で尋ねられて、薫は肩をすくめた。

「居間にいる」

たぶん、薫と透子のことを心配して、追いかけてきたいのだろうが、聖司がそれを許さないのに違いない。

今頃、聖司は満面の笑みで、卓也に西瓜を勧めているはずだ。

「そう……」

透子はため息をつき、申し訳なさそうな目で薫を見た。

「ごめんなさいね、お兄ちゃん。透子がいるから、卓也さんを連れていけないのね。本当は、無理に呪具なんか作らなくていいのよ。お兄ちゃんは、卓也さんと自分の幸せを考えて」

暗い部屋で、ずっとそんなことばかり考えていたのだろう。

「透子」

薫は、そのひとことだけで妹をたしなめた。

透子は、つらそうな様子になった。

小鳥に触れただけで、死なせてしまったと思った時、この少女の胸にどれほどの衝撃が走ったのだろう。

生まれたその瞬間から、ずっと透子はつらい人生を生きてきた。

透子を産みだすのと引き換えに、二人の母である鬼の姫は命を落としたのだ。

姫羅盤の絶大な力と過酷な運命を幼い娘に残して。

母の死を信じられなかった父は、妻が自分を捨てて鬼の世界に去ったと信じた。

長い悲劇の始まりだった。

そんな父に育てられた透子は感情を押し殺し、わがままも言わず、ただ状況に流されるままに生きてきた。

そうすることでしか、生きられなかったのだ。

父が死に、姫羅盤の力が失われ、今までとは違った未来が見えてきたかと思った矢先に、透子は青江によって陰の気を流しこまれ、再び地獄に連れ戻されてしまった。

もう、限界なのかもしれない。

薫はそっと妹に近づき、その肩を抱きよせた。

「鬼道界に行くか？」

ボソリと尋ねる。

鬼道界には、透子の想い人である黒鉄《くろがね》がいる。

羅刹王亡き後の荒れた鬼道界を平定し、王となる定めの公子が。

できれば、薫は透子を黒鉄には渡したくなかった。鬼道界にも行かせたくない。

黒鉄がいくら透子を愛していたとしても、半陽鬼が鬼道界の正妃になることは鬼たちが許さないだろう。

しかし、この時、薫は生まれて初めて、透子が壊れてしまうくらいならば、黒鉄のもとに行かせたほうがいいと思ったのだ。

透子は、首を横にふる。

「ダメ……。鬼道界には行けない。透子がこんなにたくさんの陰の気を持っていったら、今度は鬼道界が困るのよ。黒鉄さまにも迷惑がかかるわ……」

何かを決意したように、透子は宙を見据えた。

「お兄ちゃん、いっそ……」

「ダメだ」

死ぬのも、自ら封印されるのも許さないと、薫は瞳で語る。

「でも……」

「〈桂花〉を待て」

それは透子に残された、ただ一つの可能性。

透子は疲れきったような仕草で、兄の肩に頬を押しあててきた。

「黒鉄さまに会いたい……」

「透子」

たしなめるように、薫は妹の名を呼んだ。

透子は「ごめんなさい」と小さく呟き、目を閉じた。

黒鉄は混乱のつづく鬼道界で、まだ戦っている。どんなに会いたくても、人間界に呼びだすわけにはいかない。

それは、薫も透子もわかっていた。

薫は、黙って妹の髪を撫でた。

卓也なら、こんな時、なんと言って慰めるのだろう。

言葉の足りない薫には、ただ、こうして側にいてやることしかできない。

(透子……)

青白い月明かりが、抱きあう兄妹の姿を静かに照らしだしていた。

第三章　銀色の兎《うさぎ》

同じ夜、一つの影が那智山《なちさん》の庵《いおり》を訪れた。

「誰《だれ》じゃ？」

行灯《あんどん》の明かりの側《そば》で、石墨《せきぼく》が顔をあげた。手に古びた和綴《わと》じの本を持っている。

「私です」

静かな声が、引き戸のむこうから返ってくる。

石墨はふっと眉根《まゆね》をよせ、「入れ」と言った。

声に応《こた》えて引き戸が開き、黒い中国服の青年が入ってくる。銀ぶち眼鏡をかけている。

「青江《あおえ》か」

「はい。石墨老師にはお変わりなく」

青江は庵に入り、軽く一礼した。

その背後で、引き戸は音もなく閉まった。青江は手も触れていない。

「京都から逃げたと聞いたが、熊野《くまの》にいたか」

「はい」

「わざわざ、この年寄りのところに顔出しにくるとはな」

「年寄りなどと……石墨老師はお若いではありませんか」

青江は、苦笑した。

「赤子だったおまえが、世辞《せじ》を言えるようになったのじゃ。わしも歳《とし》をとるわ。……で、瑠璃《るり》公子殿下がわしになんのご用じゃな？」

「その瑠璃とか公子とか殿下はやめてください」

「おまえが、羅刹王《らせつおう》の血をひいているのは事実じゃろう。わしは、北辰門《ほくしんもん》が用意した女の寝所の前におったのじゃ。あの時、戯《たわむ》れに屋根に舞い降りてきた魔王が女の寝所に入りこんだ。そうして、生まれたのがおまえじゃ。世間ではわしが父親ということになっておるが、とんでもない話じゃよ」

石墨は、顔をしかめた。

「不愉快なことを思い出させて、申し訳ありません、老師」

青江は、穏やかに言った。

石墨は、ふんと鼻を鳴らした。

「謝るくらいなら、最初から言うな」

「申し訳ありません」

短い沈黙があった。

「ところで、お願いがあってうかがったのです」

青江は、静かに口を開いた。

「呪具《じゅぐ》か?」

「はい。作っていただきたいと思いまして」

「やれやれ……。今日は厄日《やくび》じゃの。呪具は作らんよ」

「篠宮透子《しのみやとうこ》のための〈桂花《けいか》〉も、依頼されているそうですね」

どうやら、青江はとっくに卓也《たくや》たちの訪問を知っているらしい。

石墨は、驚いた様子もなく答えた。

「あれも作る気はない」

「それは結構なお話です。老師にお作りになれる呪具は、あと一つだけなのですから。私の呪具を作っていただかなくては」

「作らんと言ったぞ、青江」

石墨の声が尖《とが》る。しかし、青江は動じる気配もない。

「老師が、私に鬼として戦う術《すべ》を教えてくださったのではありませんか。人の目を眩《くら》ます方法を教え、陰《いん》の気の使い方を教え、野望を教えてくださった。私の本当の父が何者なのかも。……どうか、お願いします。今一度、私にお力をお貸しください」

「………」

「必要なのは、〈鳴神《なるかみ》〉です」

「〈鳴神〉じゃと……！」

石墨は、息を呑《の》んだようだった。

青江は、銀ぶち眼鏡のブリッジを中指で押しあげた。

「そうです。本物に瓜二《うりふた》つの身代わりを作りあげる呪具。〈鳴神〉の土台にするのは、とある半陽鬼《はんようき》の首です。その首は、こちらで用意しましょう。できあがりましたら、私の配下の鬼が青江の首をとったということで、北辰門に駆けこむ手はずになっております。……ご存じだとは思いますが、今、私は北辰門と七曜会、それに鬼道界《きどうかい》から追われておりまして」

「自業自得じゃろう」

ピシリと石墨が言う。

北辰門の退魔師でありながら、篠宮透子を呪具に使い、京都に溜《た》まっていた陰の気を日本中に充満させ、この国を鬼の世界に変えようとしたことで、青江は北辰門を敵にまわした。

事件に介入した七曜会の退魔師、渡辺聖司《わたなべせいじ》を刺し、筒井《つつい》卓也に手を出そうとしたことで、〈鬼使い〉の筒井家と七曜会も怒らせた。

そして、何より透子を苦しめたことで、鬼道界の次代の王、黒鉄《くろがね》公子の怒りを買った。

今、青江は四面楚歌《しめんそか》といっていい。

ただ、人間界の鬼たちだけが青江を支持している。

青江は、かすかに笑った。

「はい。老師が止めてくださった時に、京での計画を中止すべきだったと思います。私が未熟でした」

「おまえの尻《しり》ぬぐいをする気はないぞ、青江。わしの命は、間もなく尽きようとしておる。あまりにも、呪具に命を注ぎこみすぎたのじゃ。あと一つ、呪具を作れば、わしはこの世から消える。おまえの身代わりの首など作って死んでは、つまらん」

「そうおっしゃると思っておりました」

ニッコリ笑って、青江はどこからともなく小さな銀の簪《かんざし》をとりだした。

芙蓉《ふよう》の花を象《かたど》ってある。

「これが何かおわかりですね、老師?」

石墨は簪を見、息を呑んだようだった。

「それは……芙蓉姫《ふようき》に渡した……!」

「そうです。老師の幼なじみの姫に作ってさしあげた魅了の呪具。これによって芙蓉姫は羅刹王陛下のお目に留まり、後宮にあがったのでしたね。そして、後に老師との密通の疑いをかけられ、命を落とした……。老師が人間界に流されたのも、その事件の責任をとらされたためだと聞いております」

青江は、優美な仕草で簪を目の高さに翳《かざ》してみせた。

「この簪、もう妖力《ようりょく》は薄れ、鬼に対する効き目はありません。でも、まだ充分に人間には効くのです。これを人間たちに渡せば、まだまだ、おぞましい事件を起こしてくれるでしょう」

石墨の頰《ほお》から、見る見るうちに血の気が引いていった。

「おまえは……それをどこで……。いや、そんなことはどうでもいい。それをどうするつもりだ、瑠璃公子よ？」

「老師が〈鳴神〉を作ってくださるなら、返してさしあげましょう。砕くなり、溶かすなり、ご自由に」

「もし、断れば？」

「人の世の災いとなすため、適当な若い娘を選んで渡してまいりましょう。傾国《けいこく》の美女となるか、裏社会の闇《やみ》に沈むか……。楽しみですね」

「やめろ……！　わしの呪具をそんなことに使わせせんぞ！」

青江は簪を後ろに隠し、薄く笑った。

「あなたは、私には勝てません。選択肢は三つだけです」

「三つ……？」

「〈鳴神〉を作るか、篠宮透子のために〈桂花〉を作るか、ここで殺されるか。老師が死を選んだ場合は、この簪は若い娘のところに送られますが」

「くっ……！」

石墨は、青江を睨《にら》みつけた。

青江の言葉を聞くかぎり、いずれにしても死は避けられないということだ。

「〈桂花〉を作ったら、どうする？」

「やはり、簪は若い娘のところに」

「わかった。もういい」

長い沈黙の後、石墨は小さな声で呟《つぶや》いた。

「おまえの呪具を作ろう」

「ありがとうございます、老師。〈鳴神〉が完成しましたら、簪はお返しいたします。お騒がせしました」

優美な動作で一礼し、青江は出ていこうとする。

その背にむかって、石墨がうめくように言った。

「わしが助けをもとめて、〈鬼使い〉の統領のところに駆けこんだら、どうする？」

「どうぞ、お好きなように。ああ、そうそう。〈鬼使い〉たちには、〈桂花〉を作るとおっしゃってください」

肩越しに、青江はやわらかな口調で言った。

「なんじゃと？」

「安心させて、篠宮薫《かおる》の首をとるためです。呪具作りの行程は、〈鳴神〉も〈桂花〉も途中までは一緒でしたね。彼らにはぎりぎりまで、〈桂花〉だと信じこませておいていただきたい。なんでしたら、できるところまで作業を手伝わせてもかまいませんよ」

神か魔のように美しい顔で微笑《ほほえ》み、青江は庵を出ていった。

開いた引き戸から、ゴウッと風が吹きこんでくる。

石墨はしばらく呆然《ぼうぜん》としたまま、夜のむこうを凝視していた。

＊　　＊

翌日の朝、目を覚ました卓也は部屋のなかに薫がいるのに気がついた。もう紫のスーツに着替えている。

昨夜の出来事の後だったので、避けられるかと思ったが、そんなこともなくて、卓也は少しホッとした。

熟睡したのは、久しぶりのような気がする。そういえば、悪夢もみていない。

(不二子《ふじこ》姉ちゃんが親父に夢の通い路《かよいじ》のこと、頼んでくれたのかな)

明るい光のなかで起きあがって、のびをしていると、薫が近づいてきて、卓也の布団に座った。

(おはようのキスとか……すんのか?)

一瞬、ドキリとして、卓也は薫の顔を見た。

だが、どうも様子が違う。

無表情な美しい顔が、じっと卓也を見つめている。

卓也はそっと手をのばし、薫のスーツの腕をつかんだ。なんとなく、薫がつらい思いをしているような気がする。

(透子さんのこと、心配してるのかな)

「大丈夫だからな、薫。なんとかなるって」

触れても薫が嫌がらないので、絹糸のような黒髪に指をくぐらせる。

ひんやりとした極上の手触りが心地よい。

「心配するな」

そんな言葉で楽になるのかどうかは、わからない。

それでも、薫を少しでも元気づけてやりたくて、気休めのような言葉をくりかえす。

薫はひどく切なげな目になり、卓也のパジャマの肩に頭を押しあててきた。

「薫……？」

戸惑いながら、卓也は薫の頭をそっと抱えこんだ。

その時だった。

「卓也君、薫君、入りますよ」

コホンという咳払《せきばら》いとともに、襖《ふすま》が開いた。

（げっ……）

見ると、白い狩衣《かりぎぬ》に着替えた聖司が穏やかな表情で立っている。手に紺のフェイスタオルを持っていた。

卓也は、一気に青ざめた。

（見られた……!?）

薫も顔をあげ、無表情に聖司を見返す。

「おや、お邪魔でしたか？」

聖司は、ふふふと笑った。

「なんでもねえよ。ちょっと話してただけだ」

慌てて、卓也は薫から離れ、立ちあがった。

薫は不機嫌そうな顔になって、すっと部屋を出ていった。もう聖司には目もくれない。

（あ……薫……）

「そうですか。じゃあ、早く着替えて、顔を洗ってらっしゃい、卓也君。朝ご飯の用意ができたそうですよ」

　やわらかな声で言って、聖司は卓也にフェイスタオルを差し出す。

（わざと邪魔したのかよ）

　こんな仕打ちをされた薫の気持ちが、心配だった。

　ようやく、むこうから頼ってくれたところだったのに。

「サンキュー」

　ボソッと言って、卓也はフェイスタオルを受け取り、少しためらってから、叔父《おじ》の顔を見あげた。

「あんまり勘《かん》ぐるなよ、叔父さん」

　聖司は心外そうな目で、卓也を見下ろしてきた。

「勘ぐるですって？　なんのことです、卓也君」

「オレと薫が、なんか変なことするんじゃねえかって思ってるんだろう。なんにもしてねえのに、そんな目で見るなんて最低だ」

　卓也の声には怒りの響きがある。

　聖司は驚いたような目になり、卓也を見つめた。

「卓也君？」

「少しは、薫の気持ちも考えてやれよ」

卓也は聖司の横をすりぬけ、洗面所にむかって足早に歩きだした。どうしようもなく、胸が騒いでいる。

*　　　*

聖司は反省したのか、野武彦《のぶひこ》と高木《たかぎ》の前で、さっきの卓也と薫の様子には触れなかった。

卓也は、重苦しい気分で朝食をすませた。

透子は、朝食の席には姿を見せなかった。薫もまた、飲み物だけもらって、透子の部屋に引っ込んでしまった。

「薫君は遅いな。そろそろ那智山に出発する時間なんだが。卓也、ちょっと見てきてくれ……」

玄関先で、野武彦が腕時計を見て、言いかける。

もう出かける支度を整えているが、一緒に行くはずの薫がいないのだ。

「あ……うん」

卓也は父親にうなずき、履いていた靴を脱いだ。

その時、聖司が足早にやってきた。

「義兄《にい》さん、透子さんが……」

(え？　透子さん⁉)

卓也は、弾《はじ》かれたように透子の部屋にむかって走りだした。

嫌な予感がした。

中座敷に飛びこむと、薫がこちらを見あげた。

部屋の真ん中に透子が座っている。寝間着《ねまき》代わりの浴衣《ゆかた》のまま、正座して、宙の一点をじっと見ていた。

「何があったんだ、薫⁉」

(そうか……。さっきの……。これを言いたかったんだ、薫)

卓也は、唇を嚙《か》みしめた。

どうして、気づいてやれなかったのだろう。

聖司と野武彦、それに高木が中座敷に入ってくる。

三人とも透子の様子を見て、顔を曇らせた。

少し遅れて、不二子が駆けこんできた。カーキ色の綿のワンピース姿だ。

透子は人の出入りがあっても、まったく視線を動かさない。

「朝起きたら、こうなっていた」

つらそうな瞳《ひとみ》で、薫が呟《つぶや》く。

野武彦が透子の前に膝《ひざ》をつき、いろいろ話しかけたり、手首をつかんで脈をとったりしてみている。

しかし、透子は反応を見せなかった。

「透子さん」

たまらなくなって、卓也も透子の側に寄り、その耳もとで呼びかけた。

透子の表情が、わずかに動く。生気を失った瞳が、卓也のほうを見た。

「オレがわかりますか？　ここにいるから。透子さん、しっかりしてください！」

透子は、何か言いたげに唇を動かした。

「一人になりたいと言っている」

薫が、呟いた。

野武彦と聖司が顔を見あわせた。

「どうやら、何かの術や陰の気の影響というわけではないようだ」

痛ましげに、野武彦が呟く。

「じゃあ、どうして、こうなったんだ？　病気か何かか？」

「いや。問題はここだろう」

野武彦が、そっと自分の胸に手をあててみせた。

（心……か）

卓也は、目を伏せた。

昨日、透子がショックを受けた現場に居合わせたのに、どうしてやることもできなかった。今になって透子の胸の痛みに気づいたが、時すでに遅く、半陽鬼の少女はもう卓也の手のとどかない心の深いところに閉じこもってしまっている。

（オレはバカだ……）

「気づいてやれなくて、申し訳ないことをした」

野武彦は、卓也たちに目で合図し、立ちあがった。

「静かにしてあげよう。……不二子、おまえは薫君がいないあいだ、透子さんの面倒をみなさい」

「はい」

真剣な瞳で、不二子がうなずく。

（こんなことになるなんて……）

卓也は、無意識のうちに両手をきつく握りしめていた。

聖司がそんな卓也の背に軽く触れ、外に出ようと促す。

「すみません、卓也君。さっきは、薫君の気持ちも考えず」

耳もとで申し訳なさそうにささやかれ、卓也は泣きだしたいような気分になった。

（叔父さんのバカ野郎）

だが、叔父を責めるわけにもいかないだろう。

聖司は聖司なりに、自分のことを心配してくれているのだから。

ある意味では、自分が薫に喰《く》われることを一番心配しているのは、聖司なのだ。

聖司が、薫にむきなおる気配があった。

「我々は、全力で透子さんの呪具を手に入れましょう。私も、できるかぎりのことをします。さっきのことは許してください、薫君」

チラリと見ると、聖司が薫に頭を下げていた。

（叔父さん……）

薫は、聖司の言葉には何も応えなかった。

ただ、黙って聖司の横を通り過ぎ、野武彦の待つ玄関にむかう。

中座敷の真ん中で、透子が人形のように宙を見据えて座っている。

その側に膝をついた不二子が、卓也に「お行き」と目で合図する。

卓也は小さくうなずき、中座敷を出た。

＊　　＊

野武彦と薫は卓也と聖司に見送られ、石墨の呪具の代金を入れた黒いトランクを持って、那智山に出発した。

聖司は卓也が薫の肩を抱き、「がんばって行ってこい」と言うのを見ても、何も言わなかった。

野武彦も、とくに感想はないようだ。

薫は卓也の目をじっと見て、屋敷を出ていった。卓也の励ましが心に届いたらしいのは、その眼差しだけでわかる。

卓也は自分もついていきたい気持ちを抑え、父と薫を乗せたレンタカーが遠ざかっていくのを見つめていた。

＊　　＊

野武彦と薫が那智山についたのは、午前中だった。

強い陽射しが照りつけ、四方八方から蟬《せみ》の声が降ってくる。

石墨は拍子ぬけするほど、あっさりと野武彦の依頼を受けた。

「あれから考えてみたんじゃが、わしも言い過ぎたようじゃ。陰の気を鎮《しず》める呪具〈桂花〉でしたな。引き受けさせていただきますぞ」

庵の和室である。

「それは助かります」

きちんと正座して、野武彦は真正面に座った石墨に笑みをむけた。

挨拶《あいさつ》と野武彦の自己紹介が終わったところだ。

野武彦の隣には、薫が無表情に座っている。

透子のことで、どれほど心を痛めていたにせよ、もう薫は気持ちを切り替え、目の前の任務に集中していた。

野武彦と薫の傍らには、黒いトランクが置かれていた。

「ところで、少し確認したいのですが」

野武彦は穏やかな表情で言った。

「なんなりと」

「卓也の話では女ものの呪具は作らないとおっしゃっていたそうですが、透子さんの呪具は……」

「あれは私情を入れすぎました。ですから、問題ありません。作りましょう」

「わかりました。それでは、お願いいたします。……それと、もう一つ、質問が」

「なんでしょう？」

落ち着いた表情で、石墨が野武彦を見る。

「石墨殿は北辰門においでだったとか。北辰門には青江という半陽鬼がおりましたが、ご存じでしょうか?」

その問いに、石墨は顔色一つ変えずに答えた。

「わしは北辰門を出て久しく、青江とも師弟の縁は切れております。少なくとも、青江の味方ではない。できるなら、もはや関わりは持ちたくないと思っております」

師弟という単語に、野武彦はわずかに眉をあげた。

あえて、石墨がその言葉を使うということは、父親ではないと暗に言っているのだろうか。

はっきりと確認したかったが、儀礼的な会話で、これ以上、つっこむことはできない。

味方ではないという言質《げんち》をとったことで、満足しなければいけなかった。

熊野の山中で襲ってきた鬼たちとの関係も、石墨は否定した。

薫は、相変わらず無表情に石墨の顔をながめている。

「それをうかがって、安心しました。……薫君」

野武彦に目で促《うなが》され、薫はすっとトランクを前に滑らせた。

トランクの蓋《ふた》が開く。

石墨は「ほう……」と感嘆の声をもらした。

「これは、見事な金じゃ」

トランクのなかには、ぎっしりと金塊がつまっていた。

総重量はどのくらいあるのかわからないが、藪《やぶ》のなかや急な斜面を上り下りしながら、平気で持ち運べるような重さでないのはたしかだ。

半陽鬼の薫でなければ、とても俺まで持ってこられなかったろう。

「これは手つけです。後ほど、完成しましたら残りをお支払いいたします。たしか、昔からのしきたりでは、依頼人の体重と同じ重さの金が必要でしたね」

丁重な口調で、野武彦は言った。

石墨はひょいとトランクをつかんで引きよせ、中身をあらためた。こちらも、まるで空のトランクをあつかうような動作だ。

「たしかに、受け取りましたぞ。それでは、さっそく作業にかかりたいのじゃが……実は少々、人手不足でしてな」

「人手……ですか？」

野武彦は、首をかしげた。

昔の記録を調べた時には、そんな話は出ていなかったのだが。

「わしも歳《とし》をとったので、鞴《ふいご》を動かす手が欲しいのですじゃ。材料を炉で溶かすあいだ、火を絶やすわけにはいかんので、少なくとも若いのが二、三人は必要ですのじゃ。交代で休んで、鞴を動かすことになりましょう。溶かすまでに三日、鍛えるのに三日、最後に気をこめて呪具として完成させるのに一日、合計七日かかるはずですじゃ」

「なるほど。わかりました。手配しましょう。……で、材料は？」

「わしのところに、だいたいそろっております。炉の炭もこちらで用意しましょう。まずは、手伝いのものをよこしてくだされ。鞴以外にも、仕事はありますのでな。明日からでもかまいませんぞ」

落ち着いた口調で、石墨は言った。

野武彦は、うなずいた。今のところ、石墨の要求は筋が通っている。

「では、明日から手伝いをこさせましょう」

石墨は、目に見えてホッとしたような顔になる。

「ありがとうございます、統領」

「よろしくお願いします。それでは……」

丁重に頭を下げて、野武彦は立ちあがった。

庵を出ると、さっきまで晴れていた空は曇り、あたりは夕暮れのように薄暗くなっていた。このぶんでは、雨が降ってきそうだ。

山道を下りながら、野武彦は薫を見た。

「どう思う、薫君？　石墨の態度は……」

事務的な口調で尋ねる。

薫は、ボソリと答えた。

「信用できない」

「君もそう思うか。……そうだな。昨日は女ものの呪具は作らないと言っていたくせに、今日になったら、いきなり作ると言いだした。どう考えても妙だ」

野武彦は、ため息をついた。

「しかし、今のところはむこうの言うとおりに助手をつけ、呪具作りに協力するしかないだろう。君と卓也に来てもらうつもりだが、大丈夫だな？」

「はい」

無表情のまま、薫は小さくうなずいた。

「では、頼んだぞ。俺も気をつけて、ちょくちょく様子を見にくるとしよう。……透子さんのことは心配だと思うが、焦《あせ》らないようにな、薫君。君は一人ではない。俺も卓也もいる」

その言葉に、薫は漆黒の目でじっと野武彦を見、ふいに微笑んだ。

綺麗《きれい》な笑顔だった。

「ありがとうございます」

自分にむけられることの珍しい微笑に、野武彦は目を瞬《しばたた》いた。

七曜会では篠宮薫はあつかいにくい少年で、感情を表に表さず、人を人とも思わないという評判だが、たまにこんなふうに素直な顔を見せてくれる時もある。

必要な時には、礼儀正しいふるまいもできる。

(いい子じゃないか……意外に)

湿気を含んだ生暖かい風が吹きぬけていく。

間もなく、空に雷光が閃《ひらめ》き、大粒の雨が熊野の山を濡《ぬ》らしはじめた。

＊　　＊

雨は、鬼の隠れ里のまわりにも降っていた。

驟《しゅう》雨《う》に煙る杉木立のなかに、二つの影が立っている。

片方は、ダークスーツをまとった屈強な男だ。歳は二十代半ば。身長は百九十センチ以上ある。

もう片方は、黒い中国服をまとった美貌《びぼう》の青年――青江である。

北辰門から送りこまれてきた刺客だ。

「ようやく会えたな。この熊野で死ぬがいい、青江」

男は薄く笑い、両手で印《いん》を結んだ。

そのとたん、男の目の前の地面が赤く光り、着物姿の小さな女の子が現れた。黒髪をおかっぱにしていて、どこか日本人形のようだ。

「傀儡《くぐつ》ですね。……北辰門にも傀儡使いがいたとは」

青江はゆっくりと振り返り、かすかに笑った。

女の子——傀儡の両手の先から、熊手のような鉤爪《かぎづめ》が現れる。

傀儡使いは、ニヤリと笑った。

「いけ」

それに応えて、女の子は青江に襲いかかってきた。

青江が哀れむような目で傀儡を見、印を結ぶ。

次の瞬間、傀儡は真っ二つになって、濡れた地面に転がった。大粒の雨が、着物を濡らしていく。

「な……にっ……！」

傀儡使いは胸を鷲《わし》づかみにし、苦しげにうめいた。

いつの間にか、青江は目を閉じている。

「あなたの呪詛《じゅそ》は返しましょう」

低く呟いたとたん、傀儡使いの喉《のど》から絶叫が迸《ほとばし》った。

「うわあああああーっ！」

傀儡使いの身体《からだ》がミシミシと嫌な音をたてて軋《きし》んだかと思うと、次の瞬間、血の雨が飛び散った。

上半身をなくした赤黒い身体が、どうと地面に倒れこむ。

青江はゆっくりと目を開き、自分の両手を見下ろした。

その象牙色《ぞうげいろ》の手のひらに、雨の滴が落ちてくる。火傷《やけど》の痕《あと》はだいぶ薄くなっていた。

「青江さま、ご無事でしたか」

石榴《ざくろ》が駆けよってきて、心配そうに主の顔を見つめる。手のなかに、畳んだ大きな黒い傘を持っていた。

青江は石榴を見、微笑んだ。

「心配はいらない、石榴。まだ思うように動けないが、人間の退魔師くらいなら殺せる」

「それはよろしゅうございました。だいぶ回復されましたね」

少しホッとしたような顔になって、石榴は言った。刺客の死体には、目もくれない。

「だが、篠宮薫を相手にするにはまだ不足のようだ」

青江はため息のような声で呟き、踵《きびす》をかえして歩きだした。

その肩にも髪にも、雨が降り注ぐ。

「それでは一刻も早く、筒井卓也を捕らえ、人質として、篠宮薫の動きを封じたほうがよさそうでございますね」

石榴がついてきて、青江の頭上に傘をさしかけた。傘は、防水加工をほどこした黒絹でできている。柄は竹製だ。

「卓也さんには、嫌われてしまうだろうね」

青江はポツリと呟いた。

「また、そのようなことを……。青江さまは、この国の鬼たちを救うために立たれたのではありませぬか？　そのように迷っておいででは、私も不安でございます」

「……すまない、石榴」

青江は、ため息をついた。

「そうだね。人質を使うのは恥だが、今は他に篠宮薫に勝つ手段がない。そして、卓也さん以外のものでは篠宮薫の足を止めることはできない。現状では、こうするしかないのだろう。……せめて、これほど北辰門の追撃がしつこくなければ、こんな真似はしなくてすんだのだが」

主従は、しばらく黙りこんだ。

「お気が変わらないうちに、私が筒井卓也をさらいに行ってまいりましょうか」

「いや、まだ早い。時期を待ちなさい」

穏やかな口調で、青江は石榴を止めた。

「時期……でございますか」

「そうだ。石墨が〈鳴神〉を完成させるまで、なるべく邪魔はしたくない。今の段階で卓也さんをさらえば、石墨も呪具どころではなくなるだろうから、私たちはぎりぎりまで見守らなければならない。わかったね」

静かに言われて、石榴は納得したように頭を下げた。

「は……」

傘を叩く雨の音がする。

「大丈夫だよ、石榴。私は自分の使命を忘れたりはしない」

青江は石榴を見、微笑んだ。

＊　　＊

雨はバケツの底をひっくりかえしたような土砂降りになり、翌日の早朝にあがった。

快晴の空の下、卓也と薫は野武彦の運転するレンタカーで那智山に入った。

レンタカーにはテントが二つと寝袋、一週間分の米と味噌《みそ》、醤油《しょうゆ》、それに少年たちの身の回りのものが積みこまれている。

石墨の庵には卓也と薫が寝る場所がないので、庵の前の空き地にテントを張らせてもらうことになったのだ。

飲み水は井戸、洗濯は庵の裏手の川、風呂《ふろ》は近くに天然の露天風呂があるので、そこを使うように言われていた。

「一週間の呪具作りが終わるまで、うちの誰かが常に那智山の麓《ふもと》にいるようにする。緊急時には式神《しきがみ》を飛ばし、応援を呼んでくれ」

ステアリングを握りながら、野武彦が言った。

後部座席には、卓也と薫が座っている。

「はい」

薫は、ボソリと応えた。

綺麗な横顔は無表情だが、何かの拍子につらそうな気配が漂う。

(透子さんのこと、心配してるのかな)

卓也は、出発の時のことを思い出した。

透子は部屋に閉じこもったまま、出てこなかった。

不二子の話では、一日中、人形のように座ったままで、食事もほとんどとっていないらしい。

気をきかせて庭の花をつんできたが、透子はまったく反応を見せなかったという。

状況は一昨日より、さらに悪くなっているようだ。

(早く〈桂花〉作って、安心させてあげねえと)

「慣れない山暮らしで大変だと思うが、卓也も薫君と協力して乗り切ってくれ」

「はい。がんばります」

父にそう応え、卓也は窓の外を見た。

間もなく、車を降りて、えんえん山道を歩くことになる。

荷物は藤丸《ふじまる》と父親の式神に運ばせる予定だが、自分の身体を運ぶだけで一苦労だ。

しかし、薫が一緒にいるせいか、不思議と不安はなかった。

喰われるかもしれないという恐怖も、今は薄らいでいる。

＊　　　＊

テントの設営を手伝ってくれた野武彦が帰った後、卓也と薫は石墨の庵に呼ばれた。

午前九時を過ぎた頃《ころ》だ。

陽《ひ》が高くなるにつれて、暑さはどんどん厳しくなってくる。

「わしはこれから準備をするから、そのあいだに、おまえさんたちには〈桂花〉の材料をとってきてもらいたい」

古びた茶碗《ちゃわん》で得体の知れない色のお茶をすすりながら、石墨が言う。

卓也と薫は、石墨の前に正座している。

どこかで、蝉《せみ》が鳴いていた。

「〈桂花〉の材料……ですか？」

いよいよ始まったのだと、卓也は身の引き締まる思いで石墨の顔を見つめた。どんな危険な場所に行かされても、あきらめるわけにはいかない。

「うむ。この庵の裏の納屋に大きな木の箱がある。そのなかに呪具に使う石鋼《いしはがね》の固まりが入っておるのじゃ。とってきてくれるか」

「いしはがね？」

聞いたことのない名前だ。

「鬼道界から持ってきた金属での。貴重なものなんじゃ」

「わかりました。行ってきます」

（どんな遠くまで行かされるかと思ったら、裏の納屋かよ）

拍子ぬけしたような気分で立ちあがり、庵を出ようとする卓也たちにむかって、石墨が言った。

「気をつけてな」

（なんだ？　裏に行くだけだろ？）

少し不思議に思ったものの、卓也はとくに訊き返しもしなかった。

庵の裏手には小さな川が流れており、その側に古びた納屋が建っていた。納屋の軒下には、魚の干物や大根の葉がぶらさがっている。

「こんなとこに材料置いてあるのか。湿気で錆《さ》びたりしねえのか」

納屋の戸を開くと、干した草の匂《にお》いと沢庵《たくあん》のような匂いがした。四畳半ほどの広さの納戸の壁には鎌《かま》や鍬《くわ》など、農具がかかっている。床の一角には浅い木の箱が置かれ、そこに何かの種と莢《さや》が干してあった。

壁際には樽《たる》が五、六個並び、樽の横に千両箱のような大きな木の箱が置いてあった。

「これか……」

何げなく蓋《ふた》を開けた時、何か銀色のものが飛びだしてきた。

「ぎゃっ！」

「卓也！」

後ろからのびてきた手が、卓也の腕をつかんで下がらせる。

木の箱から飛びだした銀色のものは床に落ち、ぐるぐる回っている。

「何⁉　なんだよ⁉」

「生きている」

ボソリと呟く声がした。

「生きているって、どういうことだ？　金属なんだろ？」

「生きた金属だ」

面倒臭そうな口調で、薫が答える。

「マジかよ⁉」

卓也の目の前で銀色の金属の固まりは蛇のような形になって鍬の柄にからみつき、怒ったようにシャーシャーいいはじめた。

まだ信じられなかったが、たしかに生きている。

ようやく、石墨が「気をつけてな」と言った意味がわかる。

「どうするんだよ、薫？　あんなの、触れねえだろ」

「石鋼は、こちらの気持ちに反応する」

薫は卓也から離れ、石鋼に近づいていった。

「危ねえぞ、薫。大丈夫か？」

薫はそれには応えず、すっと片膝をついた。雪白の手をさしだす。

石鋼の蛇はするすると柄から降りてきて、鎌首をもたげた。

（嚙《か》まれるぞ）

卓也は、はらはらしながら見守っていた。

薫は、石鋼の蛇をじっと見ている。

ふいに、蛇の身体が溶け、一ヵ所に集まりはじめた。ぷくっと盛り上がって、丸みを帯びたラインに変わっていく。

（あれ？）

そこにいたのは、もう蛇ではなかった。

銀色の兎《うさぎ》だ。

鼻をひくひくさせ、薫のほうを見あげている。

「うわあ……可愛《かわい》いなあ」

思わず、卓也は薫の側に行って、しゃがみこみ、銀色の兎に手をのばした。

「卓也」

薫が制止するような声を出す。

だが、卓也はもう兎の背に触れていた。

「なんだよ？　大丈夫だろ？」

言いかけたとたん、銀色の兎の背にバチッと青白い電流のようなものが走った。

「うわっ！」

とっさに手を離そうとしても、身体が思うように動かない。

(何、これ!?　身体が……！)

「うわあああああーっ！」

銀色の兎が不気味に光りはじめた。

バチバチッと青白い電流が兎の背を伝い、一気に卓也の肩まで駆けあがってくる。

激痛とともに、ふっと目の前が暗くなる。今まで感じたことのない脱力感が押しよせてきた。

（やばい。オレ、死ぬのか？）

　初めて、卓也は恐怖を感じた。

「卓也！」

　心配そうな薫の声が遠くから聞こえた。

　ふいに手のなかから、銀色の兎がぐいと引きはがされた。

　そのとたん、激痛は嘘のように消えた。

（たす……かった……）

　よろめいて、卓也はその場に膝をついた。身体が冷たくなってきて、力が入らない。立ちあがろうとしても、かえってバランスを崩して、床に転がってしまう。

（なんで……オレ……）

　仰向けに横たわり、呆然《ぼうぜん》と目を開いた卓也の視界に、稲妻のような青白い光が映った。

　バチバチッ！

（まだ……消えてねえのか）

　ドキリとして、目だけ動かして探すと、薫が片手で銀色の蛇を握っているのが見えた。

　蛇の背にそって、青白い電流のようなものが走りぬけていく。

　銀色の兎はいない。蛇の姿に戻ってしまったようだ。

「くっ……！」

薫の端正な顔は、今は無表情だった。
いつものように表情を殺しているのではない。苦痛のあまり、表情が消えているのだ。
「薫……！」
助けたかったが、もう身体が氷のように冷たくて思うように動かない。
どうして、こんな目にあうのだろう。
（オレたち、二人とも死ぬのか……？）
こんなことになるくらいなら、薫は納屋の外で待たせておけばよかった。
後悔だけが頭のなかで、ぐるぐるまわる。
（こんなとこで死ぬなら……薫と……もう一度……）
喰うことも喰われることも心配しないで、抱きあっておけばよかった。
薄れゆく意識のなかで、そんなことを思う。
ひどく苦しげな動作で、薫が蛇を持ちあげ、投げ捨てた。
ふっと青白い光が消える。
美貌の半陽鬼はがくっと膝をつき、そのまま納屋の床に倒れこんだ。
「か……おる……！」
卓也は、必死に薫に手をのばそうとした。
しかし、腕は鉛のように重い。

（薫……おまえは……死なせねえ……）

藤丸を呼びだそうと思った。

だが、意識を集中させる前に、卓也の意識は闇《やみ》に消えた。

＊　＊

同じ頃、庵から少し離れた川辺で、作務衣《さむえ》姿の石墨が顔をあげた。手に木の杖《つえ》を持っている。

石墨は眉《まゆ》をひそめ、あたりを見まわした。

「誰じゃ、そこにいるのは？」

数秒遅れて、川辺の茂みのむこうから黒い中国服をまとった影がすっと現れる。

「私です、老師」

石墨は、息を呑《の》んだ。

「青江……何しにきた？」

「そんなに警戒なさらなくてもいいでしょう。少し様子を見にきただけです。〈桂花〉作りは、うまくいきそうですか」

青江は、中指で銀ぶち眼鏡のブリッジをくいと持ちあげた。

薄めの唇に楽しげな笑みが浮かんでいる。

「帰れ……！　あやつらにバレたらどうする気じゃ。阿呆《あほう》が。とっとと帰るがいい！　呪具作りの邪魔じゃ！」

杖をふりあげ、石墨は一喝する。

青江は優美な動作で、杖の届かない位置まで下がった。端正な顔には、状況を面白がるような光が浮かんでいる。

「相変わらず、頑固なかただ」

「何を企《たくら》んでいるのか知らんが、筒井卓也にも篠宮薫にも手は出させんぞ」

「おや？　気に入りましたか、あの二人が」

「ふざけるな。助手がおらんと、仕事にならんから側に置いておきたいだけじゃ」

「そのわりには、ずいぶんと無体な真似をなさる」

青江は、苦笑した。

「無体……じゃと？」

「お気づきになっていないのですか。今、納屋でひどい目にあっているようですが」

「石鋼のことか？　心を鎮《しず》めて捕まえれば、危険はないはずじゃが」

心配そうな顔になって、石墨は庵のほうにつづく道を振り返った。

「助けに行ったほうがいいと思いますよ」

「おまえがここにいるのにか?」

「歓迎されない客は退散しますよ、老師。では、失礼」

かすかに笑って、青江は踵をかえした。優美な姿が、木々のむこうに消えていく。

青江を見送り、石墨はふんと鼻を鳴らした。

「何しにきたんじゃ、おまえは」

少し考え、石墨は杖を握ったまま駆けだした。

＊　＊

どこかで、小鳥が鳴いている。

(ん……?)

卓也は、うっすらと意識を取り戻した。

どうして、自分が庵のなかにいるのかわからない。

どうやら、畳の上に直接寝かされているようだ。二つ折りの座布団が、枕《まくら》代わりに頭の下に敷いてあった。

(そうだ。オレ、納屋にいたんじゃなかったっけ?)

誰かが、ここに運んでくれたのだろうか。

いつの間にか、身体はだいぶ温かくなっていた。

起きあがろうとする身体を、紫のスーツの腕が押さえこむ。

見ると、隣に薫が寝ている。両腕で卓也を抱えこみ、抱き枕のようにホールドしていた。

意識のないあいだ、卓也が何かされないように警戒しているらしい。

だが、卓也には何がなんだかわからない。

「放せよ。暑い……」

ぐいぐいと押しやると、薫が小さくうめき、目を開いた。

(あ、起きた)

薫は数秒のあいだ、卓也を見、不機嫌そうな表情になって起きあがり、庵から出ていった。

「おい……オレたち、なんで、ここで寝てたんだ？」

卓也も庵から出て、強い陽射しに目を細めた。

歩くたびにふらふらするのは、どうしたことだろう。

(石鋼、どうなったんだ……？)

「気がついたようじゃの」

井戸の側から、石墨が呑気《のんき》に声をかけてくる。

その横で、薫が憮然《ぶぜん》とした表情で石墨をながめている。

「あ、オレ、どうしたんですか?」

「納屋で倒れておったんじゃ。気絶しておったのは、おまえさんたちの時間で三十分ほどじゃろう」

「石鋼は……?」

「工房に移したぞ。おまえさんの陽《よう》の気を吸いこんで、腹いっぱいになったようじゃ」

「腹いっぱい……?」

どういう意味だろうか。

不審に思った卓也を見て、石墨はわずかに顎《あご》をそらした。

「言っておけばよかったかのう。石鋼は機嫌を損《そこ》ねると、手荒にあつかうと、陽の気を吸いとることがあるんじゃ。すまんのう。吸われた陽の気は、一晩寝れば回復するはずじゃ」

石墨の言い草に、卓也はカチンときた。

なにしろ、死ぬかと思ったのだ。

薫も、ムスッとしたような目をしている。

「そういうのがわかってんなら、前もって言ってくださいよ! ホントにびっくりしたんだから!」

(それに怖かったし)

心のなかでつけ加えて、卓也は石墨を睨《にら》みつけた。

老人は、眉根をよせた。

「前もって言ったら、おまえさん、怖がって触らんじゃろうが」

「怖がったりなんか、しません!」

さらにムッとして、卓也は言い返す。

「さて、どうだかのう。石鋼に吸われたくらいで、おっかながっているようではのう。やれやれ、先が思いやられるわ」

それだけ言って、石墨は工房のなかに入っていこうとする。

その背中にむかって、卓也は素っ気なく尋ねた。

「で、ほかに何すればいいんですか?」

「一休みして元気が出たら、薪割りを頼む。工房の裏に木と斧《おの》がある」

こちらを振り返らずに、老人が答える。

「薪割りですか?」

憮然として、卓也は尋ねかえした。

そんなことをするために、鬼のところに来たわけではない。

卓也の不満げな様子に、石墨はこちらを見た。

「おまえさんたちの世界では火を焚《た》くのはすいっちー一つで簡単かもしれんが、この山では薪がないとメシも喰えん。湯も沸かせん。作業にかかったら、わしは薪割りなどできんから、できるだけ割っておかねばならんのじゃ。わかったか」

「はい……」

「まあ、その細っこい腕では、たいしたことはできまいがのう」

老人は、ふんと笑って工房に入っていった。

(なんなんだよ。バカにすんな)

卓也は、自分の腕を見下ろした。

たしかにボディビルダーのように筋肉は盛り上がっていないが、それなりに必要な筋肉はついている。姉たちよりは、力だってあるはずだ。

腕を曲げたり、のばしたりしていると、音もなく薫が近づいてきて、「体調は?」と言いたげに顔をのぞきこんできた。

「大丈夫だ」

少しためらって、卓也は薫のスーツの腕を軽くつかんだ。

「死ぬかと思ったけど……」

「死なせない」

ボソリと言って、薫は卓也の手をそっと放させ、庵に戻っていった。

どことなく、触れられるのを避けるような様子だった。

(薫……?)

気のせいだろうか。

その後も、薫は卓也に触れてくることはなかった。

卓也も気にはなったが、慣れない薪割りでへとへとになって、いつの間にかそんなことも忘れてしまった。

夕陽が沈まないうちに裏山の露天風呂に入り、石墨にうるさく言われながら、父親が置いていったクーラーボックスのなかの握り飯を食べ終わった頃にはもう、卓也はこっくりこっくりと船を漕《こ》いでいた。

どうやってテントに戻ったのかも、よく覚えていない。

深い眠りのなかにも、しかし、悪夢は忍びよってくる。

＊　　＊

夜のなかに、しだれ桜が咲いていていた。

見渡すかぎり、桃色の花が滝のように雪崩落《なだれお》ちている。

(また……あの夢か……?)

夢のなかで、卓也はあたりを見回した。
咲き匂う花々のむこうにひときわ大きな、しだれ桜の古木があった。
花闇のなかで、黒い中国服の半陽鬼がこちらを見ている。
その象牙色の両手のなかに、血みどろの生首が大切そうに抱えられていた。
(げ……。なんだよ、あの首……)
怖くて、生首の顔は確認できない。
「愛していますよ。ずっとずっと……」
青江は愛しげに生首を目の高さまで掲げ、そっと唇を近づけていく。
どこか、淫蕩《いんとう》な仕草だった。
風が吹きぬけ、桜の枝がいっせいに揺れる。
(なんだよ……あれ……)
卓也は、後ずさった。
その拍子に、枯れ木の枝を踏んでしまう。
乾いた音が響きわたった。
(しまった……!)
銀ぶち眼鏡ごしに、青江の切れ長の目が卓也を見た。形のよい唇は、血に濡れている。
その瞳のなかには、得体の知れない闇があった。

人が恐れつづけてきた原初の闇。

卓也は、いつかどこかでそれと同じものを視《み》たと思った。

青江が陶然と微笑んで、手招きする。

「いらっしゃい、卓也さん」

「嫌だ！　行かねえ！」

卓也は、顔をそむけた。

だが、目の前にふっと青江が立つ。肩や髪に桜の花びらをまとわりつかせて。

(嘘《うそ》……！)

抱きよせられて、卓也はもがいた。

まぢかに、卓也を見上げて、虚ろに微笑む生首がある。

「うわあああああああああーっ！」

＊　　＊

びくっと身を震わせて、卓也は目を覚ました。

テントのなかだ。

気がつくと、薫が自分の顔をのぞきこんでいる。

闇のなかで、その顔ははっきりとは見えなかったが、心配している気配は伝わってくる。

「薫……」

まだ、手が震えていた。どうして、こんな夢をみるのだろう。

嫌でたまらないのに、青江のことが頭から離れない。まるで、何かに呪縛されているように。

（呪縛？　まさか、何かされてるのか、オレ？）

夢の通《かよ》い路《じ》のせいだろうか。父親か不二子に遮断してもらったと思ったのに、まだ、つながっているのだろうか。そう思うと、怖くてたまらなくなる。

この時になって、卓也は自分が震えているのに気づいた。

なだめるように、薫の手が卓也の髪を撫《な》でてくれた。

安心しろというように触れてくる手が、優しい。

「薫……オレ……」

卓也は、薫の手をつかんだ。

納屋で倒れた時、一瞬、ひどく後悔した。今度は後悔したくない。

（このまま死んだら、やだ……）

しかし、薫は卓也の口に出さなかった望みに気づいたにせよ、気づかなかったにせよ、二日前の晩のように卓也を愛撫することはなかった。

「おまえは寝ろ」

素っ気ない口調で言うと、薫の身体がすいと離れ、テントを出ていく気配がした。

テントの前に、薫が腰を下ろすのがシルエットでわかる。

（薫……）

そこにいて、自分の眠りを護ろうというのか。

切なくなって、卓也は薫に声をかけた。

「入ってこいよ……。側にいてくれ。……頼む」

それに対する薫の応えは、なかった。

薫が何を恐れ、何を心配して、そういう態度をとったのか、卓也にもわかっていた。

透子の呪具を作らなければいけない大事な時に、鬼としての欲望にかられてしまえば、すべてが終わる。

そんなことは、百も承知だった。

それでも、今は一人になりたくなかった。

暗い夢のむこう側に連れていかれそうなのが恐ろしい。

生身の身体の温もりで、こちら側に引き留めていてほしかった。

「頼むから……薫」

「ダメだ」
押し殺したような声が、小さく応える。
(そんなに……甘い匂いすんのか、オレ?)
鬼でない身には、決してわからない誘惑の香り。
これが消えるならば、どんなことでもするのに。
卓也はタオルの端を噛みしめ、ギュッと目を閉じた。涙が滲《にじ》みだしてくる。
(薫……)
「わかった……。ごめん、薫……」
今は、そこにいてくれるだけでいいと思わなくてはならない。
テントの外で、薫の気配がする。
その気配に抱きしめられているような気がして、卓也は深い息を吐いた。
眠れないだろうと思ったが、そのうち、卓也は夢もみない眠りのなかに落ちていった。

*　　　*

翌朝、卓也は石墨の声で叩き起こされた。
「起きろ!　いつまで寝ておる?」

固い地面で、きちんとした布団を敷かずに寝袋とクッションで寝たせいか、全身が強《こわ》ばっている。

枕もとの腕時計の針は、午前六時。いつも起きる時間より一時間は早い。

だが、日の出とともに叩き起こされなかっただけ、マシかもしれない。

眠い目をこすりながらテントを出ると、焚き火の準備がしてあって、鍋《なべ》や釜《かま》が置かれていた。

その側に、作務衣姿の石墨が立っている。

薫の姿はない。もう起きだして、活動しているのだろう。

「さあ、顔を洗って、朝メシの準備をするがよい」

石墨は、当然のことのように言う。

「え？　オレがやるんですか？」

「呪具を作る約束はしたが、おまえさんたちにメシを食わせる約束はしとらん。自分のことは、自分でせい」

（マジかよ）

卓也は、困惑して鍋や釜を見た。

家では、母親と六人の姉たちの誰かが食事を作ってくれた。

小腹が空けば、近所のコンビニエンスストアでオヤツを買ってきて、適当に食べていた。

もちろん、料理などできない。ましてや、焚き火でご飯を炊いた経験などなかった。

しかし、自分がやらなければ、誰もやってくれない。薫もたぶん、役には立たないだろう。

「米は磨《と》いで、釜に入れてある。あとは煮立つまで火にかけ、沸騰したら少し煮て、蒸らすだけじゃ。おかずは、裏の川でとってくるがいい。魚採り用の罠《わな》を仕掛けてあるから、かかっているのを引きあげてくるだけじゃ。ほれ、バケツ」

こともなげに言って、老人は卓也に金属のバケツを手渡した。

(えー?)

「薫は?」

「畑の猪《いのしし》を追い払っておる」

「猪⁉」

「このへんは多いんじゃ。うまくすれば、今夜は猪鍋じゃぞ」

「……はあ」

(なんなんだよ、このサバイバル生活)

卓也は観念して、バケツを持ち、川に通じる小道を下りはじめた。

やがて、水音が聞こえて、小さな川が現れる。

川幅は四メートルほどで、澄んだ水底に茶色の小石が沈んでいるのが見えた。

川岸の木に網のようなものが結んである。網の先端は、川のなかに入っていた。

どうやら、あれが罠らしい。

(あんなかに魚入ってんのかな)

卓也は網に近づき、恐る恐る引っ張ってみた。白っぽい魚の腹が動くのが見えた。三、四匹いる。

おっかなびっくり、網を引きあげようとした時だった。

ふいに、異様な妖気《ようき》があたりに漂った。

(え？　妖気？)

顔をあげた瞬間、何か黒っぽいものが川から跳びだし、卓也の手首に巻きついた。

人の手のようだが、変に青黒くて、ぬるぬるしている。

「うわあああああーっ！」

卓也の全身が総毛立った。

川のなかにいる相手は全身が青黒く、目だけがギラギラ光っている。ペタリと頭にへばりついた薄い髪は、落ち武者のようだ。

妖気の正体は、この化け物だろう。

(何、これ⁉)

ふりほどこうとすると、逆に強い力でぐいと引かれる。

卓也は悲鳴をあげて、川に落ちた。

——甘い匂いだ……。うまそう……。

化け物が、全身で抱きついてくる。ぬるぬるする感触とともに、植物が腐ったような嫌な臭いが鼻をついた。

「ぎゃあああああああーっ！」

必死にもがけばもがくほど、頭から水をかぶり、息ができなくなる。

（死ぬ……！）

その時、化け物が甲高い嫌な悲鳴をあげ、水面に身をのけぞらせた。

ギイイイイイーッ！

化け物の肩のあたりに、見覚えのない小刀が深く突き刺さっている。

卓也は化け物が水のなかに倒れこみ、流れに呑《の》まれるようにして消えていくのをぼんやりと感じた。

（岸に戻らなきゃ……）

そう思うのに、身体が水に沈んでいく。

息が苦しい。

（助けて……薫……！）

ふいに、誰かが卓也の腕をつかみ、川から引きあげてくれた。

卓也は激しく咳《せ》きこみながら、相手の腕にしがみついた。

相手は強い腕で卓也を抱えあげ、岸辺にそっと下ろしてくれる。

(助かった……)

薫が来てくれてよかった。

そう思ってから、軽い違和感を覚えた。

(あれ……?)

何かが違う気がする。

肩で息をしながら、卓也はふと自分を助けてくれた腕が黒い絹の布に包まれていることに気がついた。

(紫の……スーツじゃねえ)

ゾッとして、卓也は顔をあげた。胸の鼓動が速くなる。

見あげた先には、青江の穏やかな顔があった。その象牙色の肌はなめらかで、火竜の炎を浴びた形跡さえない。

「…………!」

ざっと音をたてて、血の気が引くのがわかった。

こんな状態では霊気を集中させることもできないし、体術で戦うこともできない。

（やばい……）

「危ないところでしたね」

青江は、気づかうような視線で卓也を見下ろしてくる。

卓也は座ったまま、後ずさった。

「な……んで……青江……さんがここに⁉」

「たまたま散歩していたら、ここに来てしまいました。あなたに会いにくる気はなかったんですけれど、来てみてよかった。あなたが溺れていましたから」

（助けてくれたのか……）

だとすると、あの化け物を追い払ったのも青江だろう。

「さっきのあれ……」

「水鬼《すいき》。川に棲《す》む下等な鬼の一種ですね。あなたの甘い匂いに呼ばれたんでしょう。気をつけてくださいね、卓也さん」

やわらかな口調で言って、青江は魚の罠に近づいていった。網から魚を外し、バケツに入れはじめる。

（すいき……って、鬼なのか、あれ？　……河童じゃねえのか）

「普通なら、あれが人間を襲うことはありえないことです。……でも、卓也さんの甘い香りに惹《ひ》きよせられてきてしまったようですね。二十四時間、あなたの側にいる篠宮さんの自制心に感動しますよ」

「どういうことだよ、それ？」

青江は、卓也を振り返った。端正な顔には、悲しげな表情が浮かんでいた。

「私は、北辰門で自分を抑える経験を積みました。でも、篠宮さんはなんの訓練も受けていません。それに、今の彼は透子さんのことで心が不安定になっています。そんな状態で、甘い香りを放つ卓也さんが側にいたら、精神的にたまらないでしょうね。よく、心が壊れないものだと思います」

（だまされちゃダメだ……）

卓也は、拳《こぶし》を握りしめた。

青江は、きっと自分を混乱させようとしているのだ。

薫と自分のあいだを裂くために、こんな言葉で自分をだまそうとしているのに違いない。

そう思いながらも、心は揺れる。

（そんなにつらいのかな……）

薫に苦しい想いをさせているという自覚はあった。

「同じ半陽鬼として、私には篠宮さんに共感する部分もあるんですよ。あなたへのこの焼けつくような憧《あこが》れは、きっと篠宮さんが感じているものと同じなのでしょう。あなたの存在だけが私の喉を潤《うるお》す水であり、涼しい木陰なんです」

切なげな声で、青江がささやく。

卓也は立ちあがり、首を横にふった。

「言っとくけど、オレは誰にも喰わせてやる気はねえよ」

(薫にも。そのほうがいいんだ)

すぐに駆けつけると思ったのに、薫も石墨も来ない。あの騒ぎには気づいていないのだろうか。

青江は銀ぶち眼鏡ごしに卓也を見、穏やかに尋ねてくる。

「篠宮さんにもですか?」

「喰わせねえ」

「つれないですね。篠宮さんの鬼としての愛情は、受け入れるつもりはないんですか? 鬼の部分も人の部分も、どちらも篠宮薫なのに」

「そんなの、オレと薫の問題だろ」

瞳に力をこめて睨《にら》むと、青江は余裕たっぷりの表情で微笑んだ。

「そうですね。すみません。歓迎してくださらないようですから、今日のところは退散しましょう。あなたが振り向いてくれるという望みは捨てていませんが」

(なんだよ、こいつ。……振り向く可能性があると思ってんのか? すげぇ自信)

そんな卓也の気持ちがわかったのか、青江は苦笑した。

そのまま、バケツを足もとに置き、川の上流のほうに消えていく。

青江がいなくなって、だいぶたってから、卓也はそーっとバケツに近づいた。

バケツのなかで、四匹の川魚が鱗《うろこ》を銀色に光らせている。

卓也が生きた魚に触るのをためらっているのを知っていて、バケツに移してくれたのだろうか。

（北辰門に追われてるくせに、いいのか、こんなとこに来て。……っていうか、オレが北辰門にチクらないと思ってるんだ？）

憮然としてバケツをつかもうとした時、卓也は自分の手首に赤く指の痕が残っているのに気がついた。

あの化け物がつかんだところだ。

（青江が来てくれなかったら、オレ、死んでたかも）

身震いして、卓也は指の痕に触れてみた。

赤い痕はビデオの早送りでも見るように、しだいに薄れて見えなくなっていく。

だが、川に引きこまれた瞬間の恐怖はそれから後も、卓也のなかにしばらく残った。

第四章　真夏の七日間

じりじりと強い陽射《ひざ》しが照りつけてくる。

工房のなかにいても、その熱が感じられた。

じきに工房のなかは炉に火が入って、もっと暑くなるはずだ。

工房の広さは、学校の教室ほど。壁は板張りで、上半分が格子窓になっている。窓の下には木の棒が横に打ちつけられ、そこに鉄のやっとこが五、六個かけてあった。

入り口と反対側の壁際に耐火煉瓦《れんが》で炉が作られ、その手前に鉄床《かなとこ》や水をはった大きなタライが置かれていた。

タライの側《そば》には、縁台のような細長い椅子《いす》が二つ、「く」の字形に置かれ、片方には白木の箱が二つ並べられている。

箱の片方には、工具らしきものが七つ八つ入っていた。もう一方には、呪具《じゅぐ》の材料だと説明された円い金属の鏡と水晶のかけら、日本刀の破片のようなもの、白いお札《ふだ》を貼《は》りつけた石鋼《いしはがね》の固まりなどが丁寧におさめられている。

「これから、〈桂花《けいか》〉を作りはじめる」

白い着物と白袴《しらばかま》に着替えた石墨《せきぼく》が、静かに宣言した。

卓也《たくや》と薫《かおる》も、白い着物と紺の袴という格好になっている。

卓也が不器用に作った朝食の後だ。ご飯は黒焦げで、野菜炒めは塩と砂糖を間違えていた。魚は下処理をしなかったので、口のなかで鱗《うろこ》がジャリジャリした。

半泣きになっていたら、石墨が井戸で冷やしておいた桃をくれた。

結局、今朝は焦げたご飯の一部と桃しか食べていない。

しかし、泣き言を言うわけにはいかなかった。

（いよいよか……）

透子のために成功させねばならない。

また、鬼の呪具師がどんなふうに呪具を作るのか、興味もあった。

「まず、材料を溶かす。これがだいたい三日かかる。そして、溶かした材料を鍛えるのに三日。最後の一日で、わしが呪具としての気をこめる。材料を溶かすあいだは、炉の火を絶やすわけにはいかん。わしは毎朝、今くらいの時間から始めて、陽が沈むまで休みなく作業する。おまえさんたちは、交代で休憩をとるがいい。食事も交代じゃ」

思った以上に、厳しい作業のようだ。

「一週間、ずっと交代で作業ですか」

「そうじゃ。気のぬけない仕事じゃよ。特に、気をこめはじめたら、手を休めるわけにはいかん。そこで休むと台無しじゃ。最後の日は、残った気力をふりしぼって、全身全霊で仕事をする。その日はおまえさんたちの作業はないから、邪魔が入らないように警備を頼むぞ」

「はい」

身の引き締まる思いで、卓也はうなずいた。

交代でついていれば、石墨もそんなにおかしな真似はできないだろう。

「さて、炉に火を入れるか」

石墨が炭の入った炉に、右手をすっとむけた。

その手のひらが光ったかと思うと、炭の下のほうが赤くなった。

(うわ……火ついた)

やはり、強い妖力《ようりょく》の持ち主であることには間違いない。

炉に火が入っても、最初はあまり暑さは感じなかったが、しだいに汗が滲《にじ》みだしてくる。

＊　　＊

蟬《せみ》の声が四方八方から降ってくる。

（熱ちい……）

卓也は、白い着物の袖《そで》で額の汗を拭《ぬぐ》った。鞴《ふいご》を動かすのは、予想以上の重労働だった。すぐに肩の付け根と肘《ひじ》のあたりが痛くなってくる。

石墨は坩堝《るつぼ》に順番に呪具の材料を入れながら、ブツブツと呪文のようなものを唱えていた。

坩堝はブクブクと泡立ち、なかから銀色のものが這《は》いだしてくる。

「うわ……！　なんか出てきますよ！」

「石鋼の破片じゃな。溶かされるのを嫌がっておる」

やっとこで銀色のものを押さえつけながら、石墨は平然とした顔で言った。

（すげえ……）

石鋼の破片はオレンジ色の炉のなかで、白く固まりはじめた。どう見ても凍っているようにしか見えない。

それにつれて、破片のまわりの炭の温度が下がり、黒っぽく変わっていく。

（マジかよ……!?）

だらだらと汗をかきながら、卓也は額を拭《ぬぐ》った。

喉《のど》がカラカラで、水を飲みたかった。

さっき、持ちこんだペットボトルの水ももう空になってしまった。

しかし、水の補給に行くと言えるような雰囲気ではない。

工房の隅には、白い着物に紺の袴姿の薫がひっそりと立っている。

青江が来たことを伝えたせいか、交代で休めと言われたのに工房から動かないのだ。

だからといって、卓也に何か話しかけてくるわけでもない。

(心配しすぎだぞ、おまえ)

卓也はチラリと薫を見、破片に視線を戻した。

もう、破片どころか炭まで霜のような色に変わっている。

「これ、凍ってるんじゃないですか?」

「うむ。……これだけではダメじゃな。わしの部屋の茶簞笥《ちゃだんす》の上から三番目の棚に、白い粉の入った円い金属の入れ物が入っている。それを持ってきてくれんか」

「え……あ、はい。茶簞笥の上から三番目の棚の円い金属の入れ物ですね。ええと、鞴は……?」

炉の火を絶やすわけにはいかないはずだ。

「わしがやっておく。早く行ってこい」

「はい!」

工房の外に出られるのは、ありがたい。

ホッとして、駆けだそうとした卓也の白い着物の背に空のペットボトルが投げつけられた。

「ほれ！　ゴミも捨ててこんかい！」

「あ、すいません！」

慌てて、卓也はペットボトルを拾いあげた。

石墨があきれたように言う。

「思ったより、役に立たん人間じゃ。始める早々、ふらふらしおって、鬱陶《うっとう》しくてたまらんわ。井戸水で顔を洗って、気合を入れ直してくるがいい」

「はい！」

卓也は、工房の外に飛び出した。

陽射しは強いが、風は驚くほど涼しい。工房のなかがサウナのようだったせいだろうか。

外の空気を吸ったとたん、膝《ひざ》が砕けそうになった。

（……しっかりしろ、オレ。このくらいで倒れるわけにはいかねえぞ）

卓也は二、三度頭をふり、井戸のほうにむかった。

（やっぱ、オレがへばってるの見て、外に出してくれたんだよな。石鋼でひどい目にあわされたけど、いちおう、こっちの限界はわかってるみたいだ）

井戸水で人心地ついた後、卓也は石墨の庵《いおり》で茶簞笥をのぞきこんでいた。

「ええと……どれだ？」

工房のほうから、石墨の不機嫌そうな声が聞こえてくる。

「まだか？　早くせい、小僧！」

卓也はギョッとして、庵の外を振り返った。

ゆっくり休んで、水を飲んでこいという意味かと思って、のんびりしてしまったが、どうやら、それは都合のいい勘違いだったようだ。

「炉が冷えてしまうではないか！　まだか⁉」

「はーい！　すみません！　ちょっと待ってください！　探してまーす！」

（やべえ）

焦って、卓也は茶簞笥のなかをかきまわした。

「ええと……これか？　……うわっ！」

＊　　　＊

指先が金属のものに触れたと思ったとたん、棚に積んであった小箱が崩れ、畳にドサドサと落ちる。

卓也は息を呑《の》み、硬直した。

小箱の蓋《ふた》が外れ、かすかな金属音とともになかのものが転がりだす。

銀の耳飾りだろうか。中国ふうの装飾で、細かな細工が施してある。先端に涙の滴形の飾りが三、四個ついていたが、それが外れ、畳に散乱していた。

どうして、石墨がこんなものを持っているのか、わからない。あきらかに、女ものである。

これも、以前に作った呪具なのだろうか。

（どうしよう。壊しちまった……。見つかったら、やばい）

慌てて外れたパーツを拾いあつめていると、ふと背後に誰《だれ》かが立つ気配を感じた。

ドキリとして振り返ると、そこには石墨が腕組みして立っていた。

（やべ……）

「なんじゃ、ひっくりかえしてしまったのか。まったくもう、役立たずの人間じゃ……」

言いかけて、卓也の手のなかのものに気づいたとたん、石墨はハッと顔色を変えた。

「それは……」

「すみません！　うっかり、壊してしまいました。ごめんなさい」

何度も頭を下げながら、卓也は壊れた耳飾りを石墨に手渡した。

石墨は、黙って耳飾りのパーツを受け取った。

(怒ってる?)

「本当にすみません。それ、直りますか?」

「古いものじゃからの。……まあ、なんとかなるじゃろう」

直りそうだと聞いて、卓也はホッとした。

それから、炉のことを思い出す。

「あの……炉は?」

「半陽鬼《はんようき》にまかせてきた」

こともなげに、石墨が言う。

「なら、いいんですけど……」

卓也は落ちている小箱をもとに戻し、石墨に言われてとりにきた円い金属の入れ物を棚から引っぱりだした。

「これ……」

「ああ、すまんの」

入れ物を受け取った石墨は、懐かしげな瞳になって耳飾りをじっと見下ろした。

「あの……その耳飾り、石墨さんが作ったんですか?」

「そうじゃ」

「女もの……ですよね？」

小さな声で尋ねると、石墨は片方の眉をあげて卓也を見た。

「気になるか」

「あ……はい。気になります」

よけいなことを詮索《せんさく》するなと怒られるかと思ったが、石墨はふんと笑っただけだった。

「これはの、わしが幼なじみのために作ったものじゃ。幼なじみが死んだ後、形見にもらってきた」

耳飾りに触れる老人の手つきは優しい。それだけで、石墨が死んだ幼なじみのことをどう思っていたか、わかる気がした。

「そのひとのこと、好きだったんですか？」

「好きかどうかはわからんが、この世に二人といない女であったよ」

感情を殺した声で呟《つぶや》いて、石墨は耳飾りのパーツを小箱に入れ、パーツのとれた本体を白い着物の懐にそっと入れた。

「さあ、工房に戻るぞ。いつまでも炉を留守にしてはおられん」

それだけ言って、石墨は工房に戻っていった。

もっと激しく叱《しか》られると思ったのに、おとがめなしだったのが不思議だった。

（オレが思ってたより、怖くねえひとなのかな）

「何をしておる？　早く来んか！」

外から、石墨の怒鳴り声が聞こえてくる。

卓也はびくっとなって、庵の外に駆けだした。

「はーい！　すみません！」

＊　＊

翌日も、その翌日も作業はつづいた。

さすがに三日目ともなると、卓也の身体《からだ》には疲労が溜《た》まってきた。

あれ以来、青江が姿を現すことはなかった。

薫は石墨がきつく言ったので、卓也と交代で休むようになった。

おかげで、すれ違いの日々がつづいている。

薫が意図的に自分と顔をあわせないようにしているような気がするのは、気のせいだろうか。

考えすぎではないかと思うのだが、交代の時もろくに口をきいてくれない。

（なんで、避けるんだよ？　そんなことしてる場合か？　〈桂花〉作るために、力をあわせなきゃなんねえ時に……）

たぶん、薫もそのくらいのことはわかっているはずだ。

それでも避けるのだとしたら——。

（オレ、やっぱり薫の側にいちゃいけねえのかな。この任務が終わったら、別れようって言ったほうがいいんだろうか……）

自分から手を放してやったほうが、薫は楽になれるのかもしれない。

つらい思いで、卓也は炉を見つめた。

石墨は、一心不乱に呪具の材料を溶かしていた。

相変わらず、材料はうまく溶けず、蛇のようにのたうったり、火を噴いたりしている。

「あちっ！」

火を避け損ねて、卓也は悲鳴をあげた。

「何をやっとる！　ノロマ！」

石墨が一喝して、卓也の着物の肩を乱暴につかみ、炉から遠ざけた。床に転がされて、卓也は息をつめた。

「くっ……！」

（オレだって、一生懸命やってるんだ！）

キッと睨《にら》みつけたとたん、桶《おけ》の水を腕にざばっとかけられる。

「井戸で冷やしてこい！　邪魔じゃ！」

言われて、卓也は自分の左腕が火傷で赤くなっているのに気がついた。

今さらながらのように、赤くなったところがヒリヒリ痛みはじめる。

（ああ……じゃあ、手当てしてくれたんだ）

もしかしたら、石墨なりに気をつかってくれているのかもしれない。

「すみません！　すぐ戻ります！」

鞴を放していられる時間は、四、五分だ。

それを過ぎると火勢が衰え、坩堝が冷えはじめる。

外に出ようとした卓也の背中に、何かがぶつかった。

（え？）

小さな薬瓶のようなものが、コロンと足もとに転がる。

石墨は、そっぽをむいて鞴を動かしていた。

「これ……？」

卓也は、薬瓶を拾いあげた。

「おまえのために用意した薬じゃないぞ。じゃが、仕事の効率が落ちると困るんじゃ。嫌だが、使わせてやる」

ぶっきらぼうに、石墨は言った。

「あ……ありがとうございます！」

「礼などいらん。勘違いするな。役立たずの人間が嫌いなだけじゃ。とっとと塗ってこい！」

「はいっ！」

卓也は、工房の外に駆けだした。自然と顔がニヤケてしまう。

（爺《じい》ちゃん、実はいい鬼じゃん）

最初はとっつきにくく、嫌みな老人だと思っていたが、意外に優しいところがある。

呪具作りの手伝いを始めた時にはどうなることかと心配していたけれど、これなら、最後までつきあえるかもしれない。

卓也の気持ちがやわらいだのに呼応するように、なかなか溶けなかった呪具の材料も溶けはじめた。

＊　　　＊

炉のなかで材料が溶けはじめた頃、テントのなかから紫のスーツをまとった影が滑り出てきた。

薫は強い陽射しにわずかに目を細め、工房のほうを見た。

（卓也……）

休んでいろとは言われたが、一人になると透子《とうこ》のことや自分と卓也の行く末を考えてしまって、精神的につらくなる。

いっそ、何も考えられなくなるほど、肉体を酷使することができればよかったのだが。

テントを出てきたものの、行くところがあるわけではない。

こんな時、話を聞いてくれる相手もいなかった。

薫は、孤独だった。

たぶん、いつか、自分はこんなふうになるのだと、薫はぼんやりと思っていた。

透子も、永遠に自分の側にいてくれるわけではない。

やがては、鬼道界《きどうかい》から黒鉄《くろがね》公子が透子を迎えにくるだろう。

その時、素直に渡してやれるかどうかはわからない。

だが、黒鉄のもとに行くことを透子が強く望めば、自分は折れるしかないだろう。

透子が去り、卓也も——いつか去るのだろうか。

喰《く》ってしまえば、卓也はいなくなる。

愛しいものを永遠に手に入れた満足感は——鬼としての歓《よろこ》びはどの程度まで、つづくのだろう。

人としての後悔のほうが深いのだろうか。

薫には、わからなかった。

ただ、わかっているのは卓也を手放したくないということだけだった。

鬼である石墨の側で作業させることさえ、本当は嫌だ。

石墨が卓也に興味を持っていないらしいのだけが、救いといえば救いといえたが。

苛烈《かれつ》な夏の陽のなかに立ち、薫は連なる山のむこうに視線をむけた。

かつて、幼い自分と透子を連れ、鬼の追撃を逃れるため、山のなかを放浪して歩いた父親のことを思い出す。

鬼を愛し、鬼の子を育て、鬼を滅ぼすことに人生を懸《か》け、鬼の王に挑んで逝《い》った男を。

あの男ならば今の自分を見て、なんと言ったろう。

あさましいと笑ったろうか。

それとも――何か父親らしい言葉をかけてくれたろうか。

それを知る機会は、冬の新宿《しんじゅく》で永久に失われてしまったのだが。

＊　　　＊

材料を溶かす行程が終了した夜、卓也は久しぶりに薫と並んで寝た。

悪夢はみなかった。

る。

その代わりに、卓也は不思議な夢をみた。

夢のなかで、卓也は夜の庵の前に立っていた。庵の窓から、ほのかに明かりが漏れてくる。


（石墨の爺ちゃん、まだ起きてるのかな？）

なかをのぞいてみると、石墨が茶簞笥の前に座っていた。手に、銀の耳飾りを持っている。

（あれ？　あの耳飾り、好きな人のだよな……）

石墨は祈るような表情で、耳飾りを見下ろしていた。

「芙蓉姫《ふようき》、わしはこのままでいいのか……」

呟く声は、苦しげだ。

何を想っているのだろう。

（爺ちゃん？）

その時、石墨の手のなかの耳飾りが陽炎《かげろう》のようにゆらゆらと揺らぎ、淡く輝きはじめた。

石墨が目を見開き、光を凝視する。

淡い光のなかから、小さな人の姿のようなものが浮かびあがってきた。

（なんだ……？）

目を凝らすと、十七、八の少女の姿が視《み》えてくる。中国ふうの緑の衣を着て、漆黒の髪を結いあげている。

髪には凝った細工の銀の簪《かんざし》、耳には石墨が手にしているのと同じ耳飾りが輝いていた。

愛らしい美少女だったが、あまり幸せそうには見えない。

「芙蓉姫……！」

石墨があえぐような声で呟いた。

(あれが……爺ちゃんの好きだった人なのかな)

芙蓉姫と呼ばれた少女は石墨のほうを見、悲しげに微笑《ほほえ》んだようだった。

「芙蓉姫、わしは……このまま、呪具を作りつづけていいのか？」

少女は、それには応《こた》えなかった。

ただ、自分の銀の簪に触れ、ゆっくりと首を横にふってみせる。

「わかった。芙蓉姫……おまえの簪はなんとかする」

石墨が呟くのと同時に、芙蓉姫の姿は薄れ、消えていった。

どこかから、滝の音が聞こえてくる。

滝の音のむこうから、誰かが卓也を呼んでいた。

(呼んでる……？)

しかし、音はふっと途切れ、藤《ふじ》の花の香りが卓也を包みこんだ。

眠る卓也の傍《かたわ》らで、薫がすっと身を起こした。

夜のむこうから、かすかに滝の音が聞こえてくる。

薫は、卓也の陽に焼けた額に手を翳《かざ》した。ほのかに、藤の花の香りが立ち上る。

卓也の呼吸が穏やかになり、眠りが深くなった。

それを確認して、薫は音もなくテントを滑り出た。

庵の前は、月明かりに照らされていた。

滝の音が大きくなった。

庵をとりかこむ暗い木々のむこうに、ぼうっと淡い光が点《と》もりはじめた。

光のなかに次々に浮かびあがるのは、しだれ桜だ。

時ならぬ桜の花びらが、夏の夜風にはらはらと散った。

夜の森のむこうから淡い光の点が連なって、しだいにこちらに近づいてくる。

やがて、幻の夜桜の下から、優美な人影が音もなく歩みだしてきた。闇《やみ》よりも黒い中国服をまとって、銀ぶち眼鏡をかけている。

（青江《あおえ》……。いや、違う）

薫は、わずかに目を細めた。

近づいてくる人影は実体ではなく、夢の通い路《かよいじ》を使って卓也のもとを訪《おとな》う幻だ。

それでも、現実の青江と同じか、それ以上に厄介な相手である。

影は薫の姿に気づいたのか、足を止めた。

無数の桜の花びらが、二人のまわりで乱舞する。

「こんばんは、篠宮《しのみや》さん。眠れないのですか」

やわらかな声が聞こえてくる。薫を前にしても、余裕たっぷりの態度だ。

二人の半陽鬼は夜のなかで、むかいあった。

青江は、挑むように言った。

「私の卓也さんに会いにきたのですが、そこをどいていただけませんか？」

「卓也は渡さん」

無表情に、薫は答える。

青江が卓也や透子に手を出そうとするかぎり、生かしておくつもりはなかった。

ただ、青江と雌雄《しゆう》を決するには、ふさわしい時間と場所が必要なことだけはわかる。

（まだ殺せないのか……）

青江は、瞳だけで笑った。

「先日、お会いした時、卓也さんは喰われたくないと言っていましたよ。あなたは、ふられたのでは？」

　愚問だ。答える必要などない。

　そう思った薫を見て、青江は意地の悪い目になった。

「自分が卓也さんにふられることなど決してないと思っているのですか、篠宮薫。その無限の自信は、どこからくるのです？」

「………」

「あなたは卓也さんを避けつづけて傷つけたとしても、嫌われることなどないと確信しているのですね。それは、少し傲慢《ごうまん》ではありませんか？」

　薫は、わずかに目を細めた。

　傲慢や自信という単語は、何か違う気がした。卓也とのあいだに、ふるとか、ふられるという状態も存在しない気がする。

　ただ、あるのは喰うか、喰わないか。卓也が去るか、去らないかということだけだった。

　この胸のなかにある漠然とした不安や焦りは、卓也にふられることなどないという自信とはほど遠い。

　現実問題として、いつか別の男が現れて、卓也を連れていくかもしれないということは心のどこかで考えたことはある。

だが、その男は青江ではない。

青江はある程度、精神的に安定しており、大人の包容力で卓也を包みこむことができるだろう。

しかし、卓也は包みこまれたいタイプではない。

青江が優しくすればするほど、逃げていってしまうだろう。

強引に手に入れようとすれば、卓也の心は決して手に入らない。

それがわからない青江が、哀れな気もした。

（バカが）

思考は相手に伝わるような言葉にならないが、美しい瞳には侮蔑《ぶべつ》の色が浮かぶ。

青江は、銀ぶち眼鏡の位置を指先でくいと直した。

「わかっていないようですから、教えてさしあげましょう。あなたのような、なんの訓練も受けていない半陽鬼には卓也さんを幸せにすることはできません。あなたは、結局、卓也さんを喰い殺すのですよ」

（まだ言うか）

面倒になって、薫は間合いをつめた。

青江はそれに気づいたのか、ふわりと後ろに下がった。

薫は、また青江との距離を目で測った。

攻撃するには、少し遠い。

青江がそんな薫を見、苦笑した。

「少し話しませんか、篠宮さん？」

「おまえと話すことは何もない」

「ああ、ようやくしゃべってくれましたね」

話しつづけようとする青江にむかって、薫はすっと左手をあげた。その中指にはルビーの指輪が輝いている。

「火竜」

ボソリと呟くと指輪が輝き、そのなかから小さな赤い竜が現れた。

「篠宮さん……！」

青江の顔に、困惑の色が浮かんだ。

まさか、そこまで話が通じないとは思わなかったのだろう。

ボボボボボボボッ！

問答無用というように、火竜が紅蓮《ぐれん》の炎を青江にむかって噴きかける。

青江は、ふわりとかわした。黒い中国服の裾《すそ》が翻《ひるがえ》る。

「やせ我慢して、一生喰わないつもりですか。それもまた地獄ですね。あなたも知っているように、人と半陽鬼は寿命が違います。あなたは卓也さんの死後もこの世に残され、長い年月を一人でさまようことになるのです。なぜ喰わなかったのかと後悔しながら……」

勝ち誇ったような言葉に、薫は眉根をよせた。

青江が自分と同じ半陽鬼というだけで、何もかもわかったような口をきくのが腹立たしい。

「黙れ」

薫は、青江の傲慢な瞳をじっと睨み据えた。

その足もとから、青い霊光が立ち上りはじめる。

傲然とした表情で、青江が笑った。

「この不安が、あなたのなかにないとは言わせません。喰わずに幸せになろうとすれば、長い後悔の時間が待っています」

言いかけた青江の胸に、薫の手刀が突きこまれた。

ズシュッ……！

青江は苦痛に顔を歪《ゆが》め、薫の無表情な美しい顔を見下ろした。

「あなたには……どのみち悲嘆と絶望しか残らない……」

「消えろ」

呟く声とともに、青江の身体《からだ》はパッと砕け、銀色の光の粒に変わって消え失せた。

ゴウッと風が巻き起こる。

桜の花吹雪《はなふぶき》が薫を包みこんだ。
どこか遠くで、苦悶《くもん》の声があがるのを薫は感じた。
夢の通い路は断たれ、術を返された青江はしばらく苦しむだろう。
だが、そんなことより、青江の言葉が毒の棘《とげ》のように胸に刺さって消えない。
――あなたは、結局、卓也さんを喰い殺すのですよ。
違うと言いたかったが、薫には自信がなかった。
喰うも地獄、喰わずに耐えるも地獄だ。
いっそ、卓也の側を離れてしまったほうがいいのかもしれない。
しかし、呪具を作ろうとしている今は、それさえ許されない。
(卓也……)
テントに戻れば、きっと揺れ動く心のままに卓也に触れてしまう。
卓也を傷つけ、獣のような行為を強要してしまうだろう。
薫は、夜の山のなかにさまよい出た。
青ざめた月だけが、薫の姿を見下ろしている。

＊

＊

翌日、卓也はいつもより早く目が覚めた。

（あれ？　薫がいねえ……）

隣に寝ていたはずの薫の姿がない。

なんとなく不安になって、テントの外に出ると空は朝焼けに染まっていた。

庵の前にも、人影はない。

ただ、工房の戸口から明かりが漏れてきていた。

（薫？　工房にいるのか？）

今日から、溶かした呪具の材料を形にする作業が始まるはずだ。

しかし、こんな時間に工房にいるのは妙な話である。

卓也はパジャマ姿のまま、スニーカーを履いて工房にむかった。

「薫……？」

そっと引き戸を開くと、工房のなかには石墨がいた。

老人は木の台の上に皮を敷き、そこに何かをのせて、小さな鏨《たがね》とトンカチで何かをこしらえているようだ。

「ん？　なんじゃ、おまえさんか」

石墨は顔をあげ、目をしょぼしょぼさせた。

「何やってるんですか？」

「眠れなくてのう。これを直していた。今、できたところじゃ」

石墨が布で拭《ふ》いて渡してくれたのは、卓也が壊した耳飾りだった。綺麗に直っている。

「あ……これ……」

（そういえば、昨日の夢に出てきたやつ……）

「なかなか、よい出来じゃろう。芙蓉姫も気に入っておった」

遠くを見るような目で、石墨が呟く。

「ふようき……って、もしかして、この耳飾りの……？」

「そうじゃ。わしの幼なじみの姫じゃ。わしが作った魅了の呪具……銀の簪をつけて花摘《はなつ》みに行った折、たまたま狩りの途中の羅刹王《らせつおう》に見初められ、後宮に迎え入れられたのじゃよ」

「後宮……？」

（好きなひとだったのに？）

卓也は、石墨の横にしゃがみこんだ。

手のなかの耳飾りが、ふいに重くなったような気がした。

「それきり、会えなかったんですか？」

「何年か後に会った。眩《まぶ》しいほど美しくなっておったが、幸せそうには見えなんだ。後宮は、あの姫にはつらい場所だったようじゃ」

石墨は、悲しげに耳飾りを見下ろした。

「そうなんですか……」

「わしがあんな簪を作ったばかりに……」

呟く声は、今にも消えそうだ。

（そんなことがあったんだ……）

だとしたら、女ものの呪具を作ってほしいと頼みにきた自分たちに、石墨が素っ気ない対応をしたわけもわかる気がする。

「すみません……。オレ、なんにも知らなくて」

石墨のことも、ずいぶん悪く思ってしまった。

鬼にも心がある。傷つくことは、人間と何も変わらないのに。

（そんなことがあったのに、〈桂花〉作ってくれるって言った石墨さんは、いい人……いや、いい鬼なのかもしれねえ）

卓也の言葉に、石墨は何かを押し殺すような目になった。

「おまえさんは、いい子じゃな」

「いえ……そんなわけじゃ……」

石墨は、熾火《おきび》のチラチラする炉をじっと見た。

「妙な話になってしもうたな」

「いえ……かまいませんけど」

二人はしばらく、黙りこんだ。

石墨が、道具を片づけはじめる。

その時、卓也の手のなかの耳飾りがぼーっと淡く光りはじめた。

（え……？）

「いかん！　それを放すのじゃ！」

石墨の鋭い声がした。

だが、手が思うように動かない。

（オレ……なんで放せねえんだ……？）

卓也の手のなかから立ち上る光は、しだいに工房のなかを明るく照らしだしていく。

光のむこうで、何かがチカリと輝いた。

卓也は自分の身体がすうっと浮きあがり、どこかに吸いよせられていくような感覚を覚えた。

「うわっ！」

（なんだ、これ!?　なんだ!?）

「しっかりせい、小僧！」

遠くで、石墨の声がしたようだった。

気がつくと、卓也はどことも知れない闇のなかに漂っていた。

＊　　　＊

（ここはどこだ……？）

ふいに星空が頭上に広がった。

眼下に、どこかで見覚えのある街が視える。

五重塔《ごじゅうのとう》と特徴的な駅ビル、碁盤《ごばん》の目のような道——京都だ。

卓也の身体は、糺《ただす》の森《もり》のなかに建つ日本家屋にむかって急降下していった。

書院造りの立派な屋敷と渡り廊下でつながった離れ、それに、庭に咲くしだれ桜の大木。

季節は春だろう。黒く濡《ぬ》れた土に、無数のソメイヨシノの花びらが散っている。

離れの座敷のなかに布団が敷かれ、そこに若い娘が眠っているのが視える。

娘の顔は、夢でみた芙蓉姫のものと瓜二《うりふた》つだ。

だが、卓也には娘が鬼ではなく人間なのがなぜだかわかった。

（誰なんだろう、あの人……）

その横に紋付き袴姿の若い男が立っていた。端正な顔には皺《しわ》も皮膚のたるみもないが、目と鼻の感じは石墨そっくりだ。何より、妖気が同じである。

どうやら、姿は若いが石墨本人らしい。

「こんな話は聞いていない。芙蓉姫そっくりだとは……。北辰門《ほくしんもん》には、断らせてもらう」

眉をひそめて座敷を出、渡り廊下を歩きだす石墨の顔。

そして、渡り廊下から見える、しだれ桜の上にひっそりと立つ美貌《びぼう》の青年。

長い純白の髪は、青年の足もとまで届く。身にまとっているのは、黄色い中国服。胸には金糸銀糸で竜の刺繍《ししゅう》がほどこされていた。肌は白く、切れ長の目と薄い唇だけが血のように赤い。

魂を奪われてしまいそうな美貌は、かつて卓也が新宿の戦いで目にしたものと同じだった。

（羅刹王……！）

どうして、鬼道界の支配者がそんなところにいるのかわからない。

ふわりと舞い降りた羅刹王は、渡り廊下の途中で石墨を一瞥《いちべつ》し、音もなく座敷に入っていく。

（え……？）

卓也は、息を呑《の》んだ。

羅刹王の行く先には、さっき、芙蓉姫そっくりの娘が眠っていた座敷がある。

石墨もハッとしたように、羅刹王を振り返った。

「お待ちください！　何をなさるおつもりです！」

「興が湧《わ》いた」

一度聴いたら二度と忘れない美しく、恐ろしい声がそっと言う。

襖《ふすま》は閉まり、石墨は呆然《ぼうぜん》としたまま、その場に取り残された。

座敷のほうから、甘やかな悲鳴があがった。

甘やかな悲鳴は、女の切なげな喘《あえ》ぎ声《ごえ》と衣擦れの音に変わっていく。

（ええっ⁉　なんだ……⁉）

石墨は両手で耳をふさぎ、唇を噛《か》みしめた。

「おのれ……二度までも……！　羅刹王！」

闇のむこうから、魔王の笑い声が遠く響いてくる。まるで、苦しむ石墨を嘲《あざけ》るかのように。


ふいに、ごうっと風が巻きおこった。

しだれ桜の枝が揺れ、濃い紅の花吹雪が卓也の視界を遮る。

やがて、風のなかに一瞬、芙蓉姫に瓜二つの娘の姿が視えた。

青ざめた顔で布団に横たわり、腕のなかに黒髪の赤子を抱いている。

赤子の類《たぐい》希《まれ》な美貌と、そんな年齢なのにすでに周囲を圧倒する強い霊気。

（青江……⁉）

まさか……という思いがある。

羅刹王との交わりで生まれたのが、青江なのだろうか。

混乱する卓也のまわりで、花吹雪が乱舞する。

（どういうことだよ、これ……⁉　青江の親父は、石墨じゃねえのか⁉）

やがて、花吹雪がやんだ時、卓也の目の前には夏の森が広がっていた。

滴《したた》るような緑のなかに、長い純白の髪の魔王が立っている。その背後に二人の鬼の近従が控えている。

羅刹王の前に跪《ひざまず》くのは、石墨と十二、三の少年だ。

（あれ……？）

少年は眼鏡はかけていないが、その端正な顔には今の青江を思い出させるものがある。

「お会いできて、うれしゅうございます……父上。私は、父上のお役に立ちたいと思っております」

希望に満ちた瞳で言う少年。若き日の青江。

羅刹王はそんな少年を見下ろし、ふっと暗い目になった。

「予に会えて、うれしいとな」

冷ややかな声とともに白い指が少年の顎《あご》をつかみ、持ちあげる。

少年は、眩《まぶ》しげに鬼道界の王を見あげた。

「名をつけてやろう。瑠璃《るり》というのはどうだ」

喉の奥で小さく笑い、羅刹王はすっと手を放した。

「父上……。その名は……」

少年は、ひどく悲しげな顔になった。

ごうっと風が鳴る。草の葉がちぎれて飛んだ。

(あ……)

風に吹き流されるようにして、羅刹王と少年時代の青江の姿も消えていった。

＊　　　＊

「大丈夫か?」

石墨の声に気がつくと、卓也はもとの工房に戻ってきていた。

蝉《せみ》の声が聞こえてくる。

(ああ……戻ったんだ……)

手のなかの耳飾りは、もう光を失っている。

「あの……今、変なのが視えて、青江さんが羅刹王のことを父上って……」

卓也は、石墨の皺深い顔を見つめた。

石墨は硬い表情で、卓也の手から耳飾りを受け取った。

「視てしまったのか……。こんなに霊気が共鳴しやすいと知っておったら、触らせはせなんだが……」

「じゃあ、あれ、本当にあったことなんですね」

「うむ」

観念したように、石墨はうなずいた。

（やっぱり……）

二人は、しばらく黙りこんでいた。

「どこまで視たんじゃ？」

ややあって、石墨が心配そうに尋ねてくる。

「女の人のところに羅刹王が来て、その後、青江さんが生まれて、十二、三になって羅刹王と対面するところまでです」

「そうか。そこまで視たのか……」

石墨は、深いため息をついた。たぶん、あの光景は卓也には視せたくなかったのだろう。

「すみません」

「いや、かまわん。迂闊《うかつ》におまえさんに触らせた、わしの落ち度じゃ」

石墨は耳飾りを作務衣の裾《すそ》で拭《ぬぐ》い、もう一度、ため息をついた。

(訊《き》いていいのかな。訊かれたら迷惑かな……)

迷いながらも、卓也は口を開いた。

「あの……青江さんと羅刹王が会ったところって、あんまり父子の対面って感じじゃなかったんですけど。青江さんはどうして、あんなに悲しそうな顔したんですか?」

目蓋《まぶた》の裏に、さっき幻のなかで視た青江の顔が浮かぶ。

今よりももっと繊細で、夢と希望にあふれた少年の顔。

「あれか……。あれはな、瑠璃というのが女の名前で、そのうえ、石の名前だからじゃ。羅刹王の世継ぎの黒鉄公子には昔からのしきたりどおり、金属の名がつけられておる。もちろん、男名前じゃ。つまり、瑠璃公子……青江はかろうじて羅刹王の御子と認められはしたが、鬼道界の王位継承者の資格は得られなんだということじゃ。しかも、女名前ではのう……父王が心をこめてつけた名とは言えんじゃろう」

実の父に、愛情の上で差をつけられたということだろうか。

「でも……自分の子なのに……。羅刹王クラスの鬼になると、自分の子が可愛くないんですか?」

わざわざ女名前をつけるというのも、ひどいことのような気がした。

石墨は静かに答えた。

「わしには、羅刹王の気持ちなぞわからんがの。もしかしたら、羅刹王は初対面の時、青江のなかに感じた人間の情を嫌ったのかもしれん」

「人間の情……？」

「そうじゃ。まだ見ぬ父を誇りに思う気持ち、父の役に立ちたいと願う気持ち、息子としての無邪気な思慕《しぼ》……。それは、羅刹王にとっては疎《うと》ましいものでしかなかったのじゃろう。いっそ、自分を北辰門に渡した父を憎み、殺してやろうと思っていれば、逆に気に入られたかもしれんが」

石墨の言葉に愕然として、卓也は老人の皺深い顔を見つめつづけた。

（そんな……！）

父親を愛したことで疎まれたのでは、青江がかわいそうすぎる。

「青江はな、羅刹王の公子でありながら、人間界に捨てられたのじゃ」

「人間界に捨てられた……!?」

卓也は、身震いした。

「そうでなければ、対面の折に鬼道界へ連れていったろう。……青江も父親に気に入られなかったことをうすうす感じとったようじゃ。あれが伊達《だて》眼鏡をかけるようになったのは、対面の後からじゃよ」

ポツリと石墨が呟いた。

「え？　あの眼鏡……」

「羅刹王に何一つ似ておらぬ自分の顔が嫌になったのだと言っておった。人間界を制圧しようなどと思うようになったのも、自分が羅刹王にふさわしい公子だと主張したい気持ちの裏返しかもしれぬ」

石墨の言葉は、卓也の胸にずしりと重くのしかかった。

それでは、青江の行動はただの個人的な野望から出たものではなかったのだ。

もちろん、それを許すことはできないけれど。

「羅刹王が新宿の戦いで死んで、青江が父親に認めてもらう機会は永遠になくなった。あれは、かわいそうな子じゃよ」

哀れみをこめて、石墨が呟く。

芙蓉姫を奪った憎い仇《かたき》の子であったとしても、青江に対する気持ちはまた別なのだろうか。

（新宿での戦いか……）

まだ、思い出すと胸は疼《うず》く。

あの戦いのなかで、薫の父、篠宮京一郎《きょういちろう》は死んだのだ。

そして、薫もまた一度は逝った。

卓也が手刀で胸を貫いて。

生きて戻ってきてくれたのは、今でも夢ではなかったかと思う。

「そういえば、おまえさん、あの戦いの時はどこにおった？」

石墨が尋ねてくる。

知らないのだろうか。

卓也は、まっすぐに鬼の老人の目を見た。

「新宿にいました」

「新宿……」

石墨の瞳の奥に、「まさか」と言いたげな光が浮かぶ。

「羅刹王を倒したのは、オレと薫です」

波立ちそうになる心を抑え、卓也は静かに言った。

こみあげてくる想いと、つらい記憶。

——おまえは生きろ。

今も手に残る、紫のスーツの胸を貫いた時の感触。

（薫……）

石墨が、目を見開くのが見えた。

「なんと……！」

驚愕の色が、石墨の顔いっぱいに広がっていく。

「おまえさんたちが倒したのか……?」

信じられないと言いたげな表情だ。

毎日、卓也の様子を見ていても、それほどの霊力がある少年だとは思っていなかったのだろう。

「オレ、青江さんの親の仇ですね。……できれば、呪具ができあがるまでは、青江さんにナイショにしておいてほしいんですけど」

そんな卓也をじっと見、石墨は申し訳なさそうな目になった。

「わしは言わんよ。じゃが、青江はすでに知っている可能性が高い。羅刹王が倒された時、あれは北辰門におったからのう。そのくらいの情報は耳に入っていたろう」

「そうですか……」

やはり、隠しても無駄ということか。

井戸のほうから、水音が聞こえてきた。薫が帰ってきたらしい。

石墨はしばらく、ぼーっとしたまま、空中を見つめていた。

それから、「おまえさんたちがのう……」と呟いて、立ちあがった。

「さて、そろそろ、わしは朝メシの支度をするか」

石墨が出ていくのを見送り、卓也も工房を後にした。

外に出ると、井戸の側に薫が立っているのが見えた。白い着物に紺の袴姿だ。その頬《ほお》の色があまりにも白いので、卓也はドキリとした。

薫は眠っていないのだろうか。

風のなかに立つ姿は美しかったが、そのまま光に透けて消えていきそうだ。

「薫……」

近よって、顔を見あげると、美貌の半陽鬼は物問いたげに卓也を見下ろしてきた。

石墨と何を話していたのかと尋ねるような瞳だ。

(青江のこと、話さねえと)

卓也は、無意識に薫の着物の腕をつかんだ。

「青江の親父《おやじ》さんの話聞いてたんだ」

薫はチラリと卓也の手を見下ろし、つづきを目で促す。

「羅刹王だった。青江の父親」

「羅刹王?」

薫の瞳の奥に、一瞬、驚きの色が浮かんだようだった。

「うん……。石墨も認めた。親父さんは石墨じゃなかったんだ」

卓也は、順を追って説明した。

石墨の作った耳飾りに触れているうちに光のなかに吸いこまれ、不思議な光景が視えてきたことを。

「石墨が青江の母親のところに行くはずだったのに、横から割って入って……そういうとしちまうのを視た。あと、青江が十二、三で羅刹王に会って、瑠璃公子っていう名前をもらうところも視た。羅刹王は青江のこと、あんまり気に入ってなかったみたいだ。石墨の話じゃ、瑠璃っていうのは女の名前だし、石の名前だから、青江は鬼道界の王になる資格はねえんだって」

薫は、黙って聞いていた。何を想っているのか、今はその表情からはわからない。

「どうしよう……。オレたち、青江の父親の仇だぞ」

「仇というなら、俺も同じだ」

暗い目になって、薫はボソリと言う。

「え？」

「父親を殺された」

「あ……ああ、そうか。羅刹王がおまえの親父さんを……」

つまり、どちらの側も相手に恨みを持つ正当な理由があるというわけか。

透子をひどい目にあわされた段階で、薫のなかで青江は「生かしておくわけにはいかない相手」になってしまっている。

そこに、さらに京一郎を殺した鬼の王の息子という「理由」が加わる。

憎しみあうように定められているとしか思えない。

「親父さんの復讐《ふくしゅう》……するのか？」

小さな声で尋ねると、薫は憮然《ぶぜん》とした顔になった。

その瞬間、薫の脳裏に浮かんだのは「俺の復讐だと？　そんなに俺のことが好きだったのか」と鼻で笑う父親の顔だったのだが、そんなことは卓也にはわからない。

「冗談ではない」

めずらしく、露骨に嫌そうな様子になって、薫はテントのほうに歩きだそうとした。

しかし、卓也がまだ着物の袖《そで》をつかんでいるのに気づき、眉《まゆ》をひそめて、こちらを見下ろしてくる。

「放せ」

そんなことを言われたのに驚いて、卓也は慌てて手を放した。

薫の表情は、ひどくよそよそしいものに変わっている。

テント生活になってから、一度もキスしていない。抱きしめてくれることもなくなった。

（わかってるけど……）

いつまで、この状態がつづくのだろう。

薫はそんな卓也の気持ちを読みとったようだが、何も言わず、踵《きびす》をかえした。

拒絶するような背中が、遠ざかっていく。

(薫……)

第五章　裏切り

山に籠《こも》り、呪具《じゅぐ》を作りはじめてから六日が過ぎた。

卓也《たくや》は、疲労困憊《ひろうこんぱい》していた。

薫《かおる》も疲れているようだが、顔には出さない。

疲労のせいか、二人の会話はほとんどなくなっていた。

それをなんとかしたくても、薫がテントに戻ってくる時間に目を覚まして待っていることができない。

昨日、父親からきた連絡では透子《とうこ》はずっと部屋に閉じこもりきりだという。

呪具が手に入れば、少しは状況は変わるのだろうか。

もし、透子がこのまま心を閉ざしてしまったらと思うと、不安になってくる。

不二子《ふじこ》から聞いた話では、父親は透子と薫の面倒を今後もみるつもりがあるようだ。

しかし、薫がどう思っているのか。

自分を避けるようになった今も、筒井《つつい》家で世話になる意思はあるのか。

薫の考えを確認しておきたかった。

「こら、意識を集中せんか！」

石墨《せきぼく》が怒鳴る。

「すみません！」

卓也はハッとして、目の前の仕事に意識をむけた。

石墨は地金に墨で下絵を写し、それを鏨《たがね》で彫ろうとしている。

だが、地金はともすると蛇のようににょろにょろと動きだし、木の台から逃げようとする。

卓也の仕事は地金に霊気を注ぎこみ、その動きを止めることだ。

三十分や一時間なら、そう苦しくはないが、もう三時間くらい、この状態がつづいている。その間、ほとんど休みなしだ。

さすがに、もう集中力がぶつぶつと途切れてしまっている。

だが、薫との交代の時間にはまだ早い。

（がんばらなきゃ……）

そう思って、頭をふり、卓也は地金を睨《にら》んだ。

地金はダリの絵の時計のように、だらりと台から垂れ下がっている。

（気合入れろ、オレ！）

ぐっと奥歯を嚙《か》みしめ、意識を集中させる。

地金は、嫌々ながらのように固まりはじめた。

そして、花模様のような飾り彫りの入った小さな銀色の金属の板に変わった。

「やった……」

そう思ったとたん、頭がくらりとする。

「そろそろ限界のようじゃの。休んでくるがいい」

石墨の声がした。

「でも、交代の時間じゃ……ないです……」

卓也は大きく息を吸いこみ、手もとのペットボトルを口に運んだ。

ぬるくなった薄い塩水を喉《のど》に流しこむ。

空になったペットボトルを放りだし、金属の板に意識をむける。

石墨がため息をついた。

「では、水を入れなおしてこい。倒れられては迷惑じゃ」

「……はい」

嫌々ながら立ちあがると、眩暈《めまい》はさらにひどくなる。

「わしにも水を頼む」

石墨が呟《つぶや》いた。

その声には、いつもの力はなかった。

(爺《じい》ちゃん?)

気になって、見ると、石墨も青い顔をしている。

思えば、卓也と薫は交代で作業しているが、石墨はこの六日間、ぶっ通しで働いているのだ。

(限界なのは、爺ちゃんのほうかも)

しかし、ぎりぎりまで、石墨は卓也にそんな様子を見せようとはしなかった。

それは、職人としての意地だろうか。

とても、かなわないと思った。

自分だったら、こんな仕事は精神的にも肉体的にもつづけられないだろう。

(鬼と人間の体力の差があったって、これはきついだろ……。爺ちゃん、ホントにすごいよ)

「石墨さんも休んだほうがいいんじゃないですか?　かなり、顔色悪いですけど……」

石墨は、首を横にふった。

「ここで休めば、呪具は失敗する。今までの苦労が水の泡じゃ」

話しているあいだにも、金属の板の端がピクピク動いている。

気をぬけば、もとの地金に戻ってしまいそうだ。

（じゃあ、今、オレが休んだら、やばいじゃん）

「オレも一区切りつくまで、休みません」

石墨は、苦笑したようだった。

「人間の身で、無茶をするものではないぞ」

「そんなの関係ないです。オレだって、退魔師です」

「おまえさんが休んでいるあいだくらい、もちこたえてみせるわ」

「ダメです。そのぶん、石墨さんが疲れます」

石墨が休めないのに、自分だけ楽をするわけにはいかなかった。

卓也が一歩も退かないのを見て、石墨は困ったような顔になった。

「まあ、つづけてもらえれば、助かるがの。……じゃが、本当に限界になったら、自分で判断して休むのじゃよ」

「はい……！」

すでに限界だとは、卓也も口にはできなかった。

＊　　＊

霊力を集中しはじめて、ついに五時間が過ぎた。

がんばったおかげで、作業は予想以上にはかどっていた。

だが、卓也はとうに限界を通り越していた。目の前が霞《かす》み、身体《からだ》がふらふらする。

（ダメ……だ……。がんばらなきゃ……。水飲んで……）

そう思って、卓也は立ちあがろうとした。

「オレ、水くんできます……」

だが、言葉は言葉にならなかった。

「おい！　大丈夫か⁉」

石墨の声が遠く聞こえる。

そのまま、卓也は工房の床に倒れこんだ。身体が床にぶつかる衝撃を遠くに感じたが、痛みはない。目を開けているのに、何も見えなかった。

かすかな気配とともに、誰《だれ》かが傍《かたわ》らに膝《ひざ》をつき、抱えあげてくれるのをぼんやりと感じていた。

ほのかに鼻をくすぐるのは、藤《ふじ》の花の香りだ。

「バカが」

耳もとで聞こえた静かな声。

（薫……）

そう思ったのを最後に、ふっと卓也の意識は途切れた。

＊　　＊

よせては返すように波の音がする。
いや、波の音ではない。
近くなったり遠くなったりしているのは、滝の音だ。
(呼んでる……)
卓也は闇《やみ》のなかで目を開いた。
自分がテントに寝かされていることも、よくわからない。
ただ、滝の音のほうに行かなければならないことだけはわかっていた。
――いらっしゃい。私のところへ。
夢のむこうから、呼ぶ声がある。
誰の声だったろう。どうしても思い出せない。
卓也はテントから出て、よろめくような足どりで夜のなかを歩きはじめた。
工房にはまだ明かりがついていた。
そこで、疲れきった石墨と薫がまだ働いているのだろう。
しかし、今の卓也は滝の音のほうに行くことしか考えられなかった。

闇のなかを、ただ滝の音に導かれて歩いていくと、やがて卓也の周囲は杉林に変わった。

銀色の月明かりが、杉の梢《こずえ》を照らしだしている。

しだいに、滝の音が大きくなってくる。

(これ……どこかで見た……)

ふらふらと歩く卓也のまわりを、闇よりも暗い影たちが静かに取り巻いていた。

影たちは卓也が転んだり、つまずいたりしないように見守っているようだ。

だが、卓也は影たちの存在にも気づかなかった。

ひんやりした風が吹いてくる。

ふいに、目の前が開けて、切り立った高い崖《がけ》と滝が見えた。

滝の手前に丹塗《にぬ》りの橋があり、そのなかほどに漆黒の中国服をまとった優美な影が立っている。

「来ましたね、私の愛しい人」

(誰だ……?)

警戒すべきなのに、何も考えられない。

いったい、自分はどうして、こんなところにいるのだろう。

橋を渡りはじめながら、卓也はいつかどこかで、この光景を見たような気がしていた。

月明かりが、青江《あおえ》の顔を白く照らしだす。

青江は少し悲しげな瞳《ひとみ》で、卓也をじっと見ている。その手のなかには、見覚えのある銀の簪《かんざし》が光っていた。

夢のなかで見た芙蓉姫《ふようき》の簪。

（え……!?）

その瞬間、卓也の意識が正常に戻った。

滝の音が高くなる。

（嘘《うそ》……!?　オレ、なんで、こんなとこに……!?）

「何をしたんだ、青江!?」

「あなたにこんな術を使いたくはありませんが、今だけは許してください、卓也さん。あなたをこれ以上、苦しめないためです」

青江が優しく笑う。

銀の簪が光ったようだった。

再び、卓也の意識は闇のなかに滑り落ちていった。

「何もかも、夢のように通り過ぎてください。私と篠宮《しのみや》薫の戦いも。……暗くて怖い夢を通りぬけたら、新しい朝が待っていますよ」

聞こえてくる声には卓也への慈《いつく》しみがあふれていたが、言葉の意味は理解できない。

名を呼んだ。

（薫……！）

混沌《こんとん》の闇に呑《の》みこまれ、何もかもわからなくなる寸前、卓也は胸のなかで懸命に恋人の

＊　　＊

滝から少し離れたところにある石墨の工房で、ふいに薫は顔をあげた。

（卓也？）

石墨も手を止め、聞こえない音に耳を澄ますように戸口のむこうに視線をむける。

「これは……ぬかったの。連れていかれてしまったようじゃ」

薫は、音もなく立ちあがった。

端正な顔は無表情だったが、心のなかでは嵐《あらし》が荒れ狂っている。

どうして、気づかなかったのだろう。呪具に意識を集中しすぎていたせいか。

「青江の仕業じゃな。……行くのか？」

穏やかな目で、石墨が尋ねてくる。

薫は石墨の手もとの金属板を見、ためらった。

今、自分が卓也のもとへ行けば、〈桂花《けいか》〉は完成しない。

しかし、放っておけば、卓也が青江にどんな目にあわされるかもわからない。

透子をとるべきか、卓也をとるべきか。ほんの一瞬だったが、薫は迷った。

そんな薫の迷いを見透かしたように、石墨が静かに言った。

「行ってもいいのだぞ」

「………」

薫は、鬼の呪具師を見下ろした。行けと言われても、まだ迷わずにはいられない。

石墨は、笑ってみせる。

「六日間、おまえさんたちと仕事ができて楽しかった。ここはもうよいから、行くがよい。〈桂花〉のことは、わしがなんとかしよう」

その言葉に背を押されるようにして、薫は音もなく夜のなかに走りだした。

背後で「すまん」と声がしたようだったが、振り返らなかった。

＊　　＊

杉林をぬけると、滝と丹塗りの橋が見えてきた。

橋のむこう側に、卓也がうずくまっていた。

青江の姿は、もうどこにもない。

「卓也！」
呼びかけると、卓也が顔をあげ、薫のほうに苦しげな視線をむけてきた。
「薫……」
何があったのだろう。怪我でもしているのか。
罠《わな》の可能性もあると思いながらも、薫は橋を渡り、卓也のほうに近づいていった。
接近するにつれて、甘い香りが強くなる。
いつもの卓也のものとは、くらべものにならない。
（なんだ……これは……？）
危険を感じて、薫は足を止めた。
卓也の傍らの地面に、怪しげな妖気《ようき》を漂わせた銀の簪《かんざし》が刺してある。
どうやら、あの簪が卓也の甘い香りを増幅しているらしい。
近づけば、正気を失う。
だが、このまま、卓也を放っておくことはできない。
薫はふっと目を細め、再び、卓也のほうに歩きだした。
一歩前に出るたびに、蠱惑的《こわくてき》な香りが薫を包みこむ。
頭がくらくらして、何もわからなくなってしまいそうだ。
それでも、薫は立ち止まらなかった。

うずくまった少年の前に膝をつき、両腕で抱え起こす。

「卓也」

「薫……」

弱々しく背中にしがみつかれ、ゾクリと背筋が痺《しび》れた。

卓也の髪も肌も、うっとりするような甘い香りを発している。

触れられているだけで、肌が熱くなる。

卓也の首がのけぞり、唇が薄く開く。まるで、誘っているようだ。

もう我慢ができない。

薫は荒々しく卓也のうなじをつかみ、唇をあわせた。

吐息も甘い。

やわらかな舌に舌をからめ、何もかも忘れて、卓也を抱きしめようとした時、薫の頭のどこかで警鐘が鳴った。

（…………！）

薫が素早く銀の簪をつかんで、遠くに放り投げるのとほぼ同時に、背後でゆらりと妖気が動いた。

「こんな程度で、おかしくなりますか。やはり、野育ちの半陽鬼《はんようき》はこれだから」

皮肉めいた声が聞こえる。

（青江……！）

振り向こうとした瞬間。

衝撃とともに、薫の背中に激痛が走った。

「くっ……！」

薫は目を見開き、ゆっくりと振り返った。

そこには、青江が膝をついている。銀ぶち眼鏡のむこうの瞳に、薄笑いが浮かんでいた。

やられたと思った瞬間、焼けつくような痛みとともに刃物がぬけた。

その場に倒れそうになりながら、薫は青江の手のなかに生々しい血に濡《ぬ》れた鉄の短剣があるのを見た。

いつかどこかで、同じ苦痛を味わったことはなかったか。

青江は哀れむように薫を見、すっと立ちあがった。

「無様ですね、篠宮薫」

簪の妖《あや》しい力は、どういうわけか、青江には効かないようだった。

うずくまっていた卓也が身じろぎし、真っ青な顔で薫を見た。

「ごめん……薫……」

（卓也……）

青江の腕が卓也をつかんで、引きよせる。

薫は地面に倒れこみながら、青江の腕が背後から卓也を抱くのを見た。

卓也は震えながら、じっと青江の腕に抱かれていた。

それは、薫にとっては短剣で刺された以上の衝撃だった。

(操られている……!?)

青江が、哀れむように薫を見下ろした。

「その短剣は〈藤切《ふじき》り〉といって、半陽鬼を滅する力があります。もともとは、あなたを倒すために作られたもののようですね。さる場所から買い付けましたが、たしかによく効く呪具です」

ささやくような声は、優しげだ。

薫は無表情のまま、青江を睨《にら》みあげた。

背中の傷口から流れだす血が、着物と袴《はかま》を濡らしている。

今まで感じたこともなかったような脱力感に襲われて、今にも倒れてしまいそうだ。

だが、薫はすっと立ちあがった。

(殺す)

迷わず、青江に襲いかかろうとした時、卓也が両手を広げて叫んだ。

「ダメだ、薫! 青江さんは殺させない!」

「卓也……」

初めて、薫の動きに迷いが出た。

今の状態では、卓也を傷つけずに青江を倒すことはできない。

その一瞬の迷いだけで、青江には充分だったようだ。

卓也を後ろに下がらせ、青江は静かに象牙色《ぞうげいろ》の手を薫にむけた。

「卓也さんは、私のものです」

バシュッ！

青江の手のひらから白い光が弾け、薫の身体は橋の側《そば》まで飛ばされた。

「くっ……！」

地面に叩きつけられる痛みは、感じなかった。

ただ、どうしようもなく心が痛い。

（卓也……！）

甘い匂《にお》いに怯《おび》え、卓也を避けつづけていれば、いつかこんな日がきて、二度と触れられなくなるとは思わなかったのか。

くりかえされる約束と卓也の明るい眼差しに慣れて、いつの間にか、たしかな未来があるように錯覚していた。

降り下ろされる残酷な一撃で、すべてが終わってしまうかもしれなかったのに。

闇のどこかで、卓也の悲鳴のような叫びが聞こえた気がした。

「薫ーっ！」

美貌《びぼう》の半陽鬼は地面に頬を押しあて、背中の傷から熱い血が流れだすのを感じていた。息が苦しい。

卓也が自分の意思でこうしたのならば、いっそ、このまま死んでしまってもよかったのだ。

しかし、あきらかに卓也は青江に操られていた。

（おまえには……渡さん……）

もがきながら起きあがろうとする薫の肩に、象牙色の手がそっとかかった。

「お休みなさい、篠宮さん。〈鳴神《なるかみ》〉が完成したら、あなたには私の身代わりになってもらわねばなりません」

笑みを含んだ声がする。

それとともに、薫の目蓋《まぶた》の裏でもう一度、強い光が炸裂《さくれつ》した。

＊　　　＊

卓也は、泣いていた。どうして、こんなに涙が出るのかわからない。

闇のなかで、誰かが卓也を抱きしめてくれた。

「大丈夫です。あなたは悪くない」

ささやきかけてくれる声がある。

（誰……？）

懐かしいような気がしたが、抱きしめられていてもちっとも楽にならない。

胸の真ん中にポッカリと黒い穴があいてしまっている。

その穴は、きっとこの声の主にはふさげないのだ。

「放せ……！」

「放しません」

視界の隅に、ぼんやりとオレンジ色の炎が点《とも》った。

炎が、怖いほど整った青年の顔を照らしだす。銀ぶち眼鏡に光が反射して、その瞳の表情はわからない。

「青江……」

「私がわかりますね？」

静かに尋ねられて、卓也は小さくうなずいた。

「私があなたを愛していることも？」

そう言われたとたん、また涙がこみあげてきた。

違う、違うと心のなかで誰かが叫んでいる。

いつか、どこかで誰かが愛の言葉をささやいてくれた。

その人は、本当に目の前にいる半陽鬼なのだろうか。

「卓也さん大丈夫ですよ。私が側にいます」

象牙色の手が、そっと卓也の手を握りしめてくれる。

青江の手は温かいのに、なぜだか指先が冷えていく。

この人は違うと、直感的に卓也は思った。

(そうだ……。オレのせいで、薫が刺されたんだ……)

「放せ……！　薫が……！」

卓也は青江の手をふりほどき、立ちあがった。

あたりが、ぼうっと明るくなる。

いつの間にか、夜のなかで七、八個の篝火《かがりび》が揺れていた。

卓也は、自分が石墨の庵《いおり》の前にいるのに気がついた。

テントの前に、白木で祭壇のようなものが作られている。祭壇の左手に、緋毛氈《ひもうせん》を敷いた床几《しょうぎ》が置かれている。

祭壇のむこう側に長い杭《くい》がXに交差するように打ちこまれ、そこに紫の狩衣《かりぎぬ》を着た人影が、赤い光の鎖で戒められ、ぐったりしていた。

(薫……!)

卓也の心臓が、どくんと鳴った。

これは現実の光景なのか。この祭壇は、いったいなんだろう。

気配に気づいたのか、傷ついた薫が顔をあげ、こちらに視線をむけてくる。

「気がついたか……」

思ったより、声はしっかりしていた。刺されたまま放置されたわけではなく、最低限、止血はされているようだ。

だが、かなり霊力を消耗しているらしく、顔色は塩のように白く、唇は青みがかっている。

「薫!」

(なんで、こんな……!?)

悲鳴のような声をあげた卓也の白い着物の肩に、青江の手がかかった。

「しかたのない人ですね。暗示をかけてもかけても、逆らおうとする……」

「触るな!」

卓也は青江の手をふり払い、薫にむかって駆けよろうとした。

だが、それより早く、青江が卓也にむかって印《いん》を結んだ。

「急々如律令《きゅうきゅうにょりつりょう》!」

バチバチバチッ！

赤い光の稲妻のようなものが走り、卓也の手首と足首にからみついた。

「うわっ！」

突然のことで、卓也はバランスを崩して、その場に倒れこんだ。

戒められた薫がすさまじい目で青江を睨みつける。

しかし、青江は平然とした顔で、卓也の傍らに膝をついた。

「儀式が終わるまで、おとなしくしていてください。霊力も封じさせてもらいました」

そのまま、ふわっと抱えあげられ、祭壇の側の床机に座らされる。

（霊力……封じられた？）

卓也は懸命にもがきながら、式神《しきがみ》を呼ぼうとした。だが、霊力がうまく集中できない。

（これ……やばいかも）

そう思った時、冷ややかな声とともに肩をつかまれた。

「無駄ですよ。青江さまの霊力の鎖、あなたごときに外せるはずはありません」

見ると、茶色の狩衣姿の石榴《ざくろ》が立っている。

鬼の酷薄《こくはく》な瞳に、卓也は身震いした。

（どうしよう……）

パチパチと音をたて、篝火の薪が爆《は》ぜる。

夜空には、いつの間にか雨雲が重く垂れこめている。時おり、鉛色《なまりいろ》の雲と雲のあいだが光り、雷が轟《とどろ》きわたる。

嵐が近いのかもしれない。

違和感を覚えて、卓也は目を細めた。

たしか、六日目の夜は快晴だったはずだ。雨が降るのは、翌日の夜だと石墨が言っていた気がする。

「今は……いつだ?」

青江が、振り返って答える。

「七日目の夜です。あなたは、丸一日、眠っていたのですよ」

「丸一日……!」

それでは、薫はろくな手当てもされないまま、夏の真昼のあいだもこの状態で放置されていたというのか。

卓也の背筋が冷たくなる。

いくら生命力の強い半陽鬼でも、これではもたない。

(そうだ。石墨の爺ちゃん!)

老人なら、自分たちが行方不明になったことがわかっているのではないか。ひょっとして、高木《たかぎ》の屋敷に連絡してくれてはいないだろうか。

だが、そうする前に青江に捕らえられ、助けを呼ぶこともできない状態にされているとしたら。

「石墨さんはどうしたんだ⁉　まさか……爺ちゃんにもひどいことしたのか⁉」

「ひどいこと？」

青江は、苦笑したようだった。その視線が、工房のほうにむけられる。

「出ておいでなさい、石墨老師。卓也さんは優しいですよ。あなたのような裏切り者のことまで、心配してくれています」

その言葉に促されるようにして、工房のなかから石墨が現れた。

青い顔をして、手に三方《さんぽう》を持っている。三方の上には、蝶《ちょう》を象《かたど》った銀色の首飾りが置かれていた。首飾りは中国ふうのデザインで、首からかけると蝶の部分が胸の中央に届く。

(ああ……完成したんだ)

自分と薫がいなくても無事に完成したことに、卓也は少しだけホッとした。

しかし、石墨の様子がおかしい。

「石墨さん？」

どうして、石墨はあんな苦しそうな顔をしているのだろう。

石墨は卓也をじっと見、何か言いたげに唇を動かした。

「大丈夫ですか？　こいつらにひどい目にあわされたんじゃ……」

卓也の言葉に、石墨は弱々しく首を横にふった。

「さあ、老師。〈鳴神〉をこちらに」

青江が穏やかな声で言う。

〈鳴神〉と聞いたとたん、薫がハッとしたような顔になった。

石墨は硬い表情になって青江に近づき、三方を差し出す。

（え？　なんで……？　それに、なるかみって……？）

「石墨老師は、私のためにこの呪具を作ってくれたのですよ。よい出来でしょう」

首飾りを目で示し、青江は満足げに言った。

「だって……それ、オレたちの呪具じゃん」

卓也はまじまじと呪具を見、青江の顔を見た。

青江が何を言っているのか、理解できない。何かの間違いではないのかと思った。

「違います。最初から、老師は私の依頼どおりに呪具を作っていたのですよ」

落ち着いた口調で、青江が答える。

卓也の胸に不安が過《よぎ》った。

（どういうことだ？　オレたちが作ってた呪具は、こいつのための呪具だったたってことか？）

戒められた恋人のほうを見ると、薫はなんとも言えない暗い瞳で卓也を見返してきた。

石墨が裏切ったとしたら、透子がどうなるかと考えている目だった。

「まだわからないのですか。老師は、あなたたちをだましていたのです」

銀ぶち眼鏡ごしに卓也を見、青江はため息のような声で言った。

「嘘だ！　そんなこと、あるはずねえだろ！　だって、爺ちゃん、すごく一生懸命だったし、オレたちだって手伝って……」

言いながら、見ると、石墨がつらそうに顔をそむけた。

「すまん」

喉の奥から絞りだすような声が聞こえてくる。

卓也は呆然《ぼうぜん》として、石墨の皺深《しわぶか》い顔を凝視した。

気持ちが通じあえたと思ったのは、自分の勘違いだったのか。

過酷な作業の合間に見せてくれた不器用な気づかいは、何もかも嘘だったのか。

力をあわせて働きながら、今日まで、ずっと石墨は自分と薫をだましつづけてきたというのか。

「嘘だ……！　嘘だ！　嘘だ！」

目蓋の裏に、耳飾りを手にして芙蓉姫の幻を見つめる石墨の姿が浮かぶ。

あの夢も、偽りか。

「最初から、青江の呪具を作ってきたのか⁉　最初から、だますつもりで……⁉」

胸の奥底から、じわじわと悲しみがこみあげてくる。

（信じてたのに……！）

石墨は卓也の視線を避けるように、うつむいてしまった。

青江がそんな石墨をじっと見、哀れむような目をした。

「老師は、これを返してほしさにあなたたちを裏切ったのですよ。その心の弱さを責めないであげてください」

すっと差し出されたのは、どこかで見覚えのある銀の簪。

「それは……！」

「芙蓉姫の簪です。呪具としての魅了の力はほとんどなくなりましたが、まだ人間には悪影響をおよぼすことができるのです。訓練を積んでいない半陽鬼にもね」

悲しげに微笑《ほほえ》んで、青江は卓也の着物の胸もとに簪を滑りこませてきた。

夏だというのに、肌に触れた簪はひんやりと冷たい。

これを取り戻すために、石墨は自分たちを裏切ったというのか。

（爺ちゃんのバカ……！）

卓也は、唇を噛みしめた。

せめて相談してくれていれば、もっと何かできたかもしれないのに。

薫も、怒りとも哀《あわ》れみともつかない瞳で石墨を見つめている。

青江は三方に手をのばし、首飾りをつかんだ。

そのとたん、首飾りは蛇のようにくねり、青江の手から逃れようと暴れはじめた。

首飾りが暴れた拍子に、青江の指から血が飛び散った。

青江は唇の端に笑みを浮かべ、流れでる血にもかまわず、首飾りを握る手に霊気をこめた。

首飾りの動きが、少し弱まる。

(なんだよ、あれ……!?)

いったい、なんのための呪具なのかわからない。

「それ……どうする気だよ?」

ひどく嫌な予感がした。

青江は、満足げに首飾りを目の高さに翳《かざ》してみせる。

「この〈鳴神〉は篠宮薫の首を使い、私に瓜二つ《うりふた》の身代わりを作りあげる呪具です。儀式が終わり、術が完成すれば、〈鳴神〉は自動的に篠宮薫の首を落とし、変化を固定させます。そうなれば、実の妹でも見分けはつかなくなるでしょう」

(こいつ……! 正気か!?)

卓也は初めて、目の前の青年に恐怖を感じた。

「なんで、そんなことするんだよ!? 薫がおまえに何したっていうんだよ!? そりゃあ、火竜で攻撃したけど……それはおまえが悪いんだろ！」

　卓也は両手の拳《こぶし》を握りしめ、力をこめた。赤い光の鎖が手首に喰いこんでくるが、その痛みも感じなかった。

　石榴が卓也の肩をつかむ指に力をこめる。

　青江は、卓也の憤怒の視線を静かに受け止めた。

「私は、北辰門《ほくしんもん》と七曜会《しちようかい》と鬼道界《きどうかい》を敵にまわしています。追いまわされるのにも疲れました。少し、ゆっくりと休む時間が欲しいのですよ。ですから、身代わりの首を北辰門に送って、しばらく時を稼ぐつもりです。……許してくれとは言いません。いつか、わかってくださる日もくるかと思いますが」

「わかってたまるか！　薫を殺したら、オレは一生おまえを許さねえ！」

　青江は、悲しげな笑みを浮かべた。

　卓也にはわからないことだったが、青江は卓也の苦しみも薫に対する愛情もほぼ正確に理解していた。

　ただ、青江はそれを理解したうえで、卓也のために想って身を退《ひ》くことを選ばなかったのだ。

　それが、青江という男だった。

　夜空がカッと光り、ほぼ同時に恐ろしい雷鳴が響いた。すぐ近くに雷が落ちたらしい。

青江は暴れる首飾りを強くつかみ、薫に近づいていく。

薫は蒼白《そうはく》な顔をあげ、挑むように青江を睨みつけている。

その時、石墨が声をあげた。

「待ってくれ、青江。約束の簪《かんざし》を……」

青江は、冷ややかに石墨を見た。

「〈鳴神〉が使い物になるのかどうか、たしかめるまではお渡しできません。申し訳ありませんが、邪魔にならない場所でお待ちください、老師」

石墨は鋭い目で青江をじっと見、工房のほうに戻っていった。

二人の鬼たちが、黙って石墨の左右に立つ。

「これより、儀式を始める」

両手で首飾りを高く掲げ、青江は傲然《ごうぜん》と宣言した。

薫は、無表情になって青江の目を見た。

青江は薫の瞳を見返し、勝ち誇ったように薄く笑う。

（やばい。なんとかして止めねえと……！）

しかし、両手両足を戒められ、霊力を封じられ、傍らの石榴に警戒されていては動くことさえできない。

（薫……！）

青江は、よく響く声で呪文を唱えはじめた。

「血の道と血の道と其《そ》の血の道と血の道復《かえ》し父母の道、ひふみよいむなやこと、もちろらねしきるゆゐつわぬそをはたくめかう……」

それにつれて、薫の全身にカマイタチのようなものが走りはじめる。

薫は苦痛に顔を歪《ゆが》めたが、声はたてなかった。

視えない刃で切り刻まれるたびに、薫の身体から血飛沫《ちしぶき》があがる。

見る見るうちに、紫の狩衣が黒っぽく濡れてきた。

錆《さび》の臭いが、空中に漂う。

「ダメだ！　やめろ！」

（このままじゃ、薫が……！）

たまらなくなって、卓也は暴れはじめた。石榴に体当たりし、地面に転がって、なんとか起きあがろうとする。

（薫！　薫ーっ！）

いつの間にか、薫の右腕の光の鎖が消えていた。薫が必死に引きちぎったのだろう。

だが、流れだす血が薫の力を奪っていく。

肩で息をし、血まみれで動けなくなった薫の頭上に、青江がゆっくりと両手をのばし、首飾りをかける。

生き物のように動いていた首飾りは、その瞬間、しゅるりと薫の首に巻きついた。

「薫！」

首飾りが、虹色《にじいろ》に輝きだす。

薫の蒼白な顔が苦痛に歪《ゆが》み、紫の狩衣の袖口《そでぐち》を伝って、新たな血が滴り落ちはじめる。

「やめろおおおおーっ！」

もがく卓也の背を、石榴が踏みつけた。

「静かになさい。青江さまの想い人でなければ、この場で喉《のど》をかき切っていますよ」

冷ややかな声が聞こえてくる。

卓也は石榴の足をどかせようと、懸命に暴れた。

目の前で、最愛の少年が死んでいこうとしている。

（嫌だ……こんなの……！）

「薫！　薫ーっ！」

「叫んでも無駄です。この術が始まった以上、もう止められません。ほら……青江さまのお姿に変化しはじめています」

石榴の言葉どおり、薫の姿に幻のように青江の姿が重なりだす。

（嘘《うそ》……！）

幻のような青江の姿の下で、薫が苦悶《くもん》しているのが視えた。

「く……っ……！」

このまま、青江の姿に変えられて、首を落とされてしまうのか。

そんなことは絶対に許せない。

「ダメだ！　やめろ、青江！　オレはどうなってもいいから！　頼む……！　薫を助けて……ください……」

青江はチラリと卓也を見、痛ましげな表情を浮かべた。

「かわいそうに……卓也さん。こういう行為があなたにとって残酷なこともわかっています。許してほしいとは言いません。たとえ、あなたを傷つけてでも、やらねばならないことなのです。……これが終わったら、あなたの今夜の記憶を封じます。二度と、篠宮薫のことで苦しませはしません」

青江の声には、苦痛の色があった。

だが、卓也はそんな言葉には耳を貸さなかった。

青江の示す「優しさ」は、卓也のもとめる優しさとはあまりに違いすぎる。

つらいだろうから、苦しいだろうからと、善意でこちらの目をふさごうとする「優しさ」。

青江は先に立って歩きながら、卓也の行く道に転がる石をすべてどけようとする。

そして、花の絨毯《じゅうたん》を敷きつめて、「一緒に行こう」と手をさしのべるのだ。

薫の血にまみれた手を。

そんなものを受け入れることなどできなかった。

「ぐっ……くぅ……っ……」

薫のうめき声が、卓也の耳に突き刺さる。

(嫌だ……！　死なせねえ！)

「チビ！　頼む！　チビ……藤丸《ふじまる》ーっ！」

必死に叫んでも、式神はこない。恐怖がじわじわと足もとから這いあがってくる。

このまま、薫は殺されてしまうのか。

(そんなの嫌だ……！)

薫が弱々しく頭をあげ、こちらを見た。

すまんというように、蒼白な唇が動く。

「薫！」

幻のような青江の姿がしだいにくっきりとしてきて、薫の姿を覆い隠していく。

首飾りの先端が空中に浮きあがり、鎌《かま》のような形をとる。

苦痛に、薫の首がのけぞった。雪白の喉が、夜のなかに浮かびあがって見える。

「いよいよですね」

青江の満足げな声がした。

鎌《かま》のような首飾りの先端が、薫の喉にむかって吸いこまれていく。

「嫌だ！　やめろおおおおおおおーっ！」

卓也は身をよじり、悲鳴をあげた。

その瞬間、卓也の腹のあたりがカーッと熱くなった。熱は背骨を伝い、瞬時に全身に到達する。

ドンッという爆発音とともに、目の前が真っ白になった。

（な……に……？）

卓也は自分の身体の下から、薫とその前に立つ青江のところまで一直線に白い光の線が走りぬけるのを視た。

薫の首を落とそうとしていた〈鳴神〉が、鋭い金属音をたてて弾け飛ぶ。

爆風が石榴をなぎ倒し、庵の屋根を吹き飛ばした。

卓也と薫を戒めていた赤い光の鎖も、消滅した。

交差していた杭《くい》が折れ、薫の身体は地面に倒れこんだ。

（身体が……熱い……）

ゆらり……と立ちあがると、自分の動きにつれて腕や肩のあたりで銀色の霊光が揺れた。

足もとから立ち上る霊光も、不思議な銀色をしている。

「これが……卓也さんの〈鬼使い〉の力……!?」

青江が息を呑《の》み、卓也を振り返った。

その黒い中国服の裾《すそ》が、激しい風に翻《ひるがえ》る。黒褐色の髪も吹き乱され、象牙色の額が露《あらわ》になっていた。

その時、地面に落ちていた〈鳴神〉が鎌首をもたげ、まっすぐ青江にむかって飛んだ。

「ぐっ……!」

青江は首に巻きついた呪具を両手で押さえ、懸命に引きはがそうとした。

しかし、呪具は卓也の〈鬼使い〉の力の影響を受けており、容易に外れようとはしない。

工房の側では、青江の配下の鬼たちが目をギラギラさせ、口から泡を噴いて、つかみあっていた。

どちらも、卓也の力に引きずられ、敵と戦っているつもりだ。

骨の折れる嫌な音が響きわたる。片方の鬼が血みどろの腕を引きちぎり、夜空にかざした。

卓也の傍らには、石榴が意識を失ったように倒れている。工房の前には、石墨が苦しげにうずくまっていた。

石墨の身体にも、戦う鬼たちの血が飛び散っていた。

だが、卓也はその凄惨《せいさん》な光景を見もしなかった。

恐怖を感じるべきなのに、妖《あや》しい昂揚感《こうようかん》が湧きあがってくる。

吹き荒れる霊気のなかは、なぜだか、ゾクゾクするほど気持ちがよかった。

銀ぶち眼鏡ごしに、青江の瞳が卓也にむけられる。その眼差しのなかには、驚愕《きょうがく》の色があった。

「た……くやさん……」

あえぐように呼びかけてくる青江は、すでに心のどこかで卓也に殺されることを覚悟しているようだった。

そんな青江を見、卓也は眉根《まゆね》をよせた。

視界に入る青江の姿は、ひどく邪魔なものに見える。

今なら腕の一撃で倒すことができるのはわかっていたが、身体が熱くて、それも面倒だった。

卓也は音もなく、青江の横を通り過ぎた。

青江が呆然《ぼうぜん》としたように目を見開く。

「私を……殺さないのですか……⁉」

「殺す価値もない」

酷薄な声で言ったのは、誰だろう。

（もしかして、オレ？）
青江はよろめき、その場に膝《ひざ》をついた。
「価値がない……？　私に……？」
しかし、今の卓也にはそんな青江の様子はほとんど見えていなかった。
血管のなかに溶岩が流れているような熱と、とめどなく噴き出す霊気。
ゴゴゴゴゴゴゴッ……！
卓也の霊気に反応して、大地が激しく揺れはじめる。
庵をとりまく木々の梢《こずえ》が、ザーッと鳴った。
（熱い……）
さっきまで同士討ちしていた鬼たちは、必死に卓也のほうに這《は》ってこようとする。
まるで、聖母にすがりついて、救いをもとめる信徒たちのように。
だが、鬼たちが願うのは救いではなく、卓也の手による無惨な死だ。
「殺して……ください……」
「殺して……」
血に濡れた手が、卓也にさしのべられる。
卓也は、それに目もくれなかった。這いずる鬼たちの命には、なんの価値もない。
荒れ狂う霊気のなかで、薫がよろめくようにして立ちあがった。その瞳は、卓也にだけく。


むけられている。

卓也もまた、薫だけを見つめていた。

見えるのは、目の前の強く美しい半陽鬼だけだ。身体の奥で炎のような熱が荒れ狂い、自分の身体が自分のものでないように軽々と動く。

傍らで、青江が首を落とそうとする呪具と戦っている。

大地は揺れ、夜空に妖しく輝く霊光が立ち上り、夜のどこかで炎が燃えているのがぼんやりとわかる。

けれども、そのすべては卓也にとってはどうでもいいことだった。

(殺したい……おまえを)

どうして、こんなことを思ってしまうのだろう。

あれは、愛しい相手のはずなのに。

破壊の衝動が消えない。いや、むしろ強まるばかりだ。

(薫……)

卓也の身体は、音もなく前に出た。

薫が無言で、こちらを見つめている。

卓也は、自分が笑っているのに気づいた。

薫の血を見たくてたまらない。その身体を引き裂き、首を落としたら、どんなにか、よい気持ちになるだろう。

(殺す……!)

「卓也……」

想いをこめた瞳が、卓也をじっと見返してくる。

薫には、戦う意思はないようだった。それが、卓也にとっては少し不満だった。

死力のかぎりを尽くして戦いたいのに、これでは張り合いがなさすぎる。

「戦え……」

冷ややかな声で命じると、薫の瞳がかすかに揺れたようだった。

卓也は薫にむかって、手刀を一閃《いっせん》させた。

第六章　夢の通《かよ》い路《じ》

薫《かおる》の胸から、鮮血が飛び散った。

血飛沫《ちしぶき》が卓也《たくや》の頰《ほお》にかかる。

卓也は、ニヤリと笑った。その瞳《ひとみ》は、妖《あや》しい銀色に変わっている。

薫は、目の前に立つ卓也をただ見つめていた。

卓也の手刀の一撃は、薫の着物と表皮を切り裂いただけで、致命傷にはなっていない。

卓也の心のどこかに正気のかけらが残っていて、とっさに手加減してくれたわけではなく、猫が鼠《ねずみ》を嬲《なぶ》るように面白がってやっただけだろう。

卓也の足もとから、銀色の霊光がゆらゆらと立ち上っている。

傲慢《ごうまん》で無慈悲な眼差しは、薫の愛した卓也のものではない。

以前にも、卓也はこんなふうになったことがある。〈鬼使い〉の力が暴走して、破壊衝動を抑えられなくなり、薫を殺そうとした。

去年の夏、高千穂《たかちほ》の地底の洞窟《どうくつ》で。

そして、秋の日光《にっこう》でも。

ふいに、激しい殺意が流れこんできた。卓也のものだろうか。

(殺したい……)

心が引きずられる。

暴走する〈鬼使い〉の力は薫の意思さえ、ねじまげようとする。

かつて、銀の目の卓也と相対した時、薫は殺されてもいいと思った。

強く美しく圧倒的な存在である、この最愛の〈鬼使い〉の手で命を絶たれることは、ある意味で究極の救いだと思っていた。

それは、薫のなかの鬼の血が生みだした暗い情念なのか。

それとも、滅びへの願望なのか。

ただ、銀の目の卓也に危険なほど魅了されてしまったせいなのか。

薫には、わからなかった。

だが、今、薫は殺されてはいけないと強く思っていた。

自分を殺せば、後で正気に戻った時、卓也もまた生きてはいられまい。

筒井野武彦《つついのぶひこ》から、そして卓也の母、優美子《ゆみこ》から、薫はさりげなく聞かされた。

自分が死んだと思われていたあいだ、卓也がどれほど苦しんでいたか。

二度と、卓也より先に死ぬことは許されない。どんなにつらくとも。

それは、生きて卓也のもとに帰った薫が、この二ヵ月あまりの時間のなかで学んだことだった。

しかし、〈藤切《ふじき》り〉のダメージに加えて、卓也の〈鬼使い〉の力に痛めつけられ、今は立っているのもやっとのことだ。

銀の目の卓也は、恐ろしいほどに強い。

その一撃をかわすことは通常の状態の薫にさえ、難しかった。

（殺されるのか……）

もうそれを望まない時になって、かつて望んだ状況になっていることが、薫にとってはおかしかった。

ならば、いっそ戦って散ろうと思ったのは、やはり卓也の霊気に引きずられていたせいか。

その気になってみれば、卓也の首筋にぼうっと淡い桃色の光が点《とも》っているようにさえ見える。

脈動する命の果実。

むせかえるような誘惑の甘い香り。

（殺したい……おまえを……）

薫は、大きく息を吸いこんだ。肺の奥まで、甘い香りを吸いこむ。

殺意なのか愛情なのか、もう自分ではわからない。

殺したいのか、殺されたいのかもわからず、ただ前に出る。

銀の目の卓也がニヤリと笑った。

魔王のような表情だった。

「死ね」

右手の手刀が、まっすぐ薫の狩衣《かりぎぬ》の胸に突きこまれてくる。

その瞬間だった。

「いかん！　ダメじゃ！」

叫び声がして、誰かが卓也の背中にしがみついた。

見ると、石墨《せきぼく》だった。青い顔で、卓也を止めようとしている。

「邪魔だ」

銀の目の卓也は、酷薄な表情で石墨の身体《からだ》を弾き飛ばした。

石墨が悲鳴をあげて、地面に叩《たた》きつけられる。

帝王然とした卓也の顔には、「自分の楽しみを邪魔する虫けらを許さない」とはっきり書いてある。

石墨はよろめきながら立ちあがり、また卓也のほうに走ってくる。

「やめろ、小僧！　正気に戻れ！」

「死ね、雑魚《ざこ》が」

必殺の霊気が、膨れあがる。

手刀が薫ではなく、石墨の胸にむかって吸いこまれていこうとする。

ほぼ同時に、卓也の胸もとの簪《かんざし》が淡く光った。まるで、卓也を制止するかのように。

「な……に……!?」

一瞬、卓也の動きが止まった。

＊　　＊

卓也は、ハッと目を見開いた。

手刀をむけられて硬直する石墨の蒼白《そうはく》な顔が見える。

薫が卓也に近づいてきて、手をのばし、その手刀の先を誘導して、自分の胸にそっと押しあてた。

なんのつもりだろう。

卓也の瞳をのぞきこみ、薫は静かに語りかける。

「おまえが殺していいのは、俺《おれ》だけだ」

卓也の心臓が、どくんと跳ねる。

命をくれるというのか。自分が死ねと言えば死ぬのか。なんとバカな半陽鬼《はんようき》なのだろう。

あまりにも愚かすぎて、なぜだか胸が痛い。

「刺せ」と命じる漆黒の瞳。

気圧《けお》されて、卓也はその目をただ見つめていた。どんな宝石よりも綺麗《きれい》なこの瞳を、ずっと見ていたかった。

それなのに、口が勝手に動いた。

「ならば、死ね！」

酷薄な声が響く。それとともに、胸に燃えあがる殺意。

(嫌だ！　殺すな、オレ！)

薫が覚悟を決めたように、そっと目蓋《まぶた》を閉じる。

(ダメだ！)

かろうじて、卓也は右手の動きを止めた。肩や腕が震えている。

薫の紫の狩衣の胸に、手刀の先があたっていた。

そのまま突きこめば、薫は死ぬ。

手刀を引きたくても、身体が思うように動かない。

(ダメだ！　殺すな、オレ！　殺しちゃダメだ！)

「どうした？」

薫が目を開き、静かに卓也を見返してくる。その目のなかには、恐れの色はなかった。ただ、どこまでも卓也によりそい、運命をともにしようという意思だけが伝わってくる。

「薫……殺したくない……んだ……。いや、殺したい」

手刀を構えた腕が震える。

気持ちが激しく揺れ動き、どちらが自分の本当の気持ちかわからなくなりそうだ。

溶岩を呑《の》みこんだような身体のなかで、〈鬼使い〉の力が蛇のようにのたうち、荒れ
狂っている。

（熱い……。苦しい……）

その時、一陣の風が庵《いおり》の前を吹き過ぎていった。

卓也は、風のなかにあるはずのない藤の花の香りを嗅《か》いだ。

夜のなかに、ぼうっと淡く薄紫に光るものが視《み》えてきた。

風に揺れているのは、幾千万もの藤の花房だ。

薄紫に淡く光る藤棚の下にひっそりと立つのは、藤丸そっくりの紫衣《しえ》の童子——幼い日
の薫である。

——鬼は嫌いか？

嫌いならば、刺せばいいと童子が笑ったようだった。

卓也は、自分が幻の藤の下に立っているのに気がついた。

石墨も石榴《ざくろ》も青江《あおえ》もその配下の鬼たちも――すべてが消える。

世界には、今、卓也と薫しかいなかった。

「殺すか？」

微笑《ほほえ》む薫の顔は、夢のように美しかった。

その頭上で、淡く光る藤の花が揺れる。

（殺したい……。でも……殺しちゃダメだ……）

はらりと落ちてきた藤の花が、卓也の唇をかすめた。

殺すよりも、もっと楽しいことがあった気がする。幸せで、優しくて、気持ちのいいことがあったような気がする。

血の匂《にお》いに抱かれるのではなく、暖かな腕のなかで眠っていた夜がたしかにあった。

あれは……いつのことだったろう……。

「正気に戻れ、小僧！　こやつを殺してはならん！」

遠くから、石墨が叫ぶ声が聞こえた。

卓也は、あえぐように息を吸いこんだ。

吐き出す息も熱い。のたうつ力は今にも皮膚を食い破り、薫に襲いかかっていきそうだ。

「でも……どうしていいのかわかんねえ……」

この瞬間もぎりぎりの状態で、自分を止めている。

しかし、この気力が尽きた時、すべては終わるだろう。

「力を鎮《しず》めるんじゃ！　呪具《じゅぐ》を鍛えた時のことを思い出せ！」

力強い声が響きわたる。

（呪具……そうか）

銀色の蛇のようになっていた石鋼《いしはがね》のことを思い出す。

そして、炉のなかで溶けるまいと抗《あらが》っていた呪具の材料を。

卓也はもう一度、深呼吸した。

この〈鬼使い〉の力は、自分の気持ち次第では鎮めることができるはずだ。

（鎮まれ……）

心のなかで、銀色の兎《うさぎ》を連想する。

（蛇じゃねえ。兎になれ……。あんなふうにやわらかく、丸く……）

懸命に念じるうちに、ふっと何かが軽くなったような気がして、荒れ狂う〈鬼使い〉の力が鎮まりはじめた。

すうっと全身の熱が引き、視界が正常に戻っていく。

薫が卓也の瞳を見、ホッとしたような顔になった。

卓也は深い息を吐き、手刀をゆっくり下ろし、震える左手で押さえこんだ。

全身の力がぬけてしまったようで、手足がずっしりと重い。

「殺……さねえ……」

薫は優しい瞳で卓也を見、うなずいてみせる。

どちらを選んでも、きっとそんな顔をしてくれたろう。

（薫……オレの……）

傍らに立っていた石墨の口もとに、かすかな笑みが浮かぶ。

「そうじゃ……。それでいい……」

老人は緊張の糸が切れたのか、二、三歩歩いて、そのまま地面に座りこんでしまった。

胸を押さえ、肩で息をしている。

（止めてくれたのか……爺《じい》ちゃん……）

裏切ったはずなのに、どうしてこんなことをしてくれるのだろう。

薫はチラリと石墨を見、「よけいなことを」と言いたげな目をした。

惨劇が回避されたことをありがたいと思いながらも、自分と卓也のあいだに割りこまれたことは気に入らなかったようだ。

「薫……ごめん……」

卓也は震えながら、恋人の蒼白な顔を見つめた。
悔やんでも悔やみきれない。謝っても謝りきれない。自分は、薫を殺そうとしたのだ。
血まみれの薫は黙って、卓也に近づいた。
ふわっと着物の肩を抱かれ、卓也は息を呑んだ。
「薫……?」
信じられない。まだ許してくれるのか。
「バカが」
耳もとで呆《あき》れたような声がして、血の滲《にじ》む薫の腕がそっと離れた。
卓也は目の奥が熱くなるのを感じ、何度も瞬いた。
薫はそのまま、卓也から離れて歩きつづける。
もう意識をたもっているだけでも苦しいだろうに、それはほとんど顔には出さない。
その行く手には、地面に膝《ひざ》をついた青江の姿があった。
薫の気配に気づいたのか、青江が弱々しく顔をあげた。
首に巻きついた呪具に締めあげられ、端正な顔は苦痛に歪《ゆが》んでいた。
自業自得とはいえ、哀れな姿だった。
(このままだと……呪具に首切られちまうのか?)
気の毒だと思いはしたが、卓也には青江をどうすることもできなかった。

一歩間違えば、薫がこの状態になるはずだったのだ。それを思うと、助けようという気にはなれない。

青江は銀ぶち眼鏡ごしに薫を見あげ、薄く笑った。

「殺す相手としてさえ、あなたを選ぶのですね……卓也さんは……」

(え?)

どういう意味だろう。

青江は、つらそうな視線を卓也にむけてきた。

「私を殺しにきませんでしたね……卓也さん……。あんなふうになっても……あなたは篠《しの》宮《みや》薫しか見ていなかった……。どうしてですか? いっそ、私を殺しにくればいいのに……!」

慟哭《どうこく》するような言葉に、卓也は呆然と青江を見下ろした。

青江の気持ちがわからない。死にたいのだろうか。

薫は、ふんと鼻で笑った。

「俺のものだと言ったはずだ」

その言葉で、青江は逆上したようだった。

「あなたが死ぬはずだったのに! 私の身代わりになって……!」

ゆらり……と立ちあがった青江は、薫に襲いかかってきた。

一瞬、青江の全身から炎のような霊気が立ち上る。

（やべえ！）

「薫！」

とっさに、卓也が薫をかばうために駆けだすのと、薫の雪白の腕が一閃《いっせん》するのはほぼ同時だった。

ザシュッ！

青江の首が飛び、大量の鮮血が噴きだす。〈鳴神《なるかみ》〉がシャランと音をたてて地面に落ちた。

卓也は目を見開き、この無惨な光景を見つめていた。

薫の紫の狩衣の背に、酷薄な気配が漂っている。

（殺した……。一撃で……）

思わず、卓也は身震いした。

薫なら、ためらわずにそうするとわかっていた。

それでも、目の前で人間の形をしたものの首が飛ぶ場面は平然と見ていられない。

雷鳴が響きわたる。

首を失い、地面に倒れこんだ青江の身体は砂のように砕け、パッと散った。

〈鳴神〉も青い炎をあげて燃えあがり、見る見るうちに溶け崩れていった。

「青江さま!」

石榴が悲鳴のような声をあげるのが聞こえた。

数秒後、石榴は身を翻して闇《やみ》のむこうに走りだし、見えなくなった。

しかし、卓也はそれには目もくれなかった。

(呪具が……)

卓也は呆然として、炎に包まれた〈鳴神〉の残骸《ざんがい》を見つめていた。

任務は失敗したのだ。

いや、石墨が最初から裏切っていた以上、何もかもが無駄だったのかもしれない。

(どうしよう……)

がっくりと地面に両膝をつき、卓也は拳《こぶし》を握りしめた。

透子《とうこ》になんと言えばいいのだろう。頭が真っ白になってしまって、何も考えられない。

ただ、「失敗した」という言葉だけが、頭のなかでぐるぐるまわっている。

石墨を責めることもできなかった。

茫然自失《ぼうぜんじしつ》していたのは、どのくらいの時間だったのだろう。

ふいに、後ろから肩を叩かれた。

振り向くと、青ざめた石墨が卓也の傍らに膝をついていた。老人の呼吸は苦しげだ。

「すまなかった。わしは青江に脅迫されて……あやつのための呪具を作らされておったのじゃ……。その呪具はご覧のとおりじゃ……。じゃが、〈桂花《けいか》〉はここに……」

（え？）

聞き違いではないだろうかと、卓也は思った。

しかし、石墨は震える手で作務衣の懐《ふところ》から耳飾りをとりだした。

「わしと芙蓉姫《ふようき》の想いの籠《こも》った耳飾り……これにおまえさんたちの陽《よう》の気を吸いこんだ石鋼を加え……〈桂花〉に作り直したのじゃ」

「これが……〈桂花〉……？」

「そうじゃ……」

老人は耳飾りをそっと卓也に差し出してくる。

卓也は、目を見開いた。

「ありがとう、爺ちゃん」

石墨の手から耳飾りを受け取ると、安堵《あんど》が胸いっぱいに広がっていく。

（よかった……。透子さん……）

「本当に助かりました。あの……疑ったりして、すみませんでした」

石墨を信じきれなかった。裏切られたと思って、怒りをぶつけた。

この老人は最後まで誠を尽くして、呪具を作ってくれたのに。

石墨は卓也を見、黒い瞳をチカリと光らせた。

「敵をだますには……まず味方からというからのう……」

その声はかすれて、聞き取りにくい。

卓也は、石墨の妖気《ようき》がひどく弱っているのに気がついた。七日前とは別人のようだ。

呪具を作る作業というのは、これほどに負担が大きいものなのか。

それとも、自分の〈鬼使い〉の力を浴びて消耗してしまったのか。

申し訳ない思いで、卓也は石墨の顔を見つめた。

「爺ちゃん……」

ごめんと言いかける卓也を目で制し、石墨は低く言った。

「簪を……返してもらえるか……？」

「あ……はい」

卓也は耳飾りを着物の袂《たもと》に入れ、ずっと胸もとにあった簪をとりだし、石墨に手渡した。

石墨は簪を大事そうに握りしめ、ほうっと息を吐いた。

「ああ、これで……」

ホッとしたような笑顔のまま、石墨の身体は前のめりに倒れてくる。

「爺ちゃん、しっかり！」

とっさに、卓也は石墨の身体を抱き止めた。老人の腕は、ゾッとするほど冷たい。

（なんか、やばい……）

そう思った瞬間、石墨の身体は卓也の腕のなかでパッと砕け、消滅した。

「爺ちゃん！」

カシャンと小さな音をたて、石墨のいた場所に銀の簪が落ちた。

簪は、青い炎をあげて燃え崩れていく。

石墨の姿は、もうどこにもない。

卓也は空になった自分の両手を見下ろし、呆然《ぼうぜん》とあたりを見まわした。

「爺ちゃん？　石墨さん⁉」

（なんだ、これ？　どうして……）

見る見るうちに庵と工房が風化し、廃墟《はいきょ》に変わっていく。井戸も崩れ、埋まってしまった。

まるで、百年分の時間が一瞬に過ぎたようだ。

「爺ちゃんは？　なんで、爺ちゃん、消えちまったんだ？」

一生懸命、探ってみても、石墨の妖気はどこにも感じられない。

ただ、沈黙だけが返ってくる。

「まさか……死んじまったのか……⁉」

卓也は、目を見開いた。まだ信じられない。

「二つ呪具を作ったせいだ」

傍らに、薫が立つ気配があった。

「二つ呪具って……？　〈鳴神〉と〈桂花〉か？」

卓也は、薫の顔を見あげた。

薫は、波立つ感情を押し殺すような目をしている。

「無茶をした」

石墨の消えた場所を見、呟《つぶや》く声はどこか痛ましげだ。

「そんな……！」

卓也は袂から耳飾りを取り出し、荒れ果てた庵を見つめた。

手のなかに残された〈桂花〉は、石墨と芙蓉姫の形見だ。

（これで透子さんは助かる。でも、爺ちゃんにも生きててほしかった……）

死を覚悟して、呪具を作ってくれた石墨に報いることができなかった。

ずっと石墨に腹を立て、頑固な鬼だと思って、優しくしてやれなかった。

石墨は、自分がとりかえしのつかない過ちを犯すのを止めてくれたのに。

（オレ……ちゃんとお礼も言えなかった……。命懸けで助けてくれたのに……）

卓也の頬に、一筋の涙が伝った。

「ありがとう、爺ちゃん……」

涙声で呟く卓也の傍らで、薫は傷の手当てもせず、ただ黙って風化した庵を見つめている。

厚い雲のあいだから、ポツポツと雨が降りはじめ、それはやがて激しい雷雨となって卓也たちの上に降り注いだ。

＊　　＊

同じ頃《ころ》、那智山《なちさん》を遠く離れた場所で苦しげなうめき声がした。

「ぐ……っ……」

人里離れた山中に建つ庵《いおり》である。

雷光が閃《ひらめ》き、庵のなかを照らしだす。

ほの明るい和室の布団に、一人の青年がぐったりと横たわっていた。

窓から飛びこんできた一羽の黒揚羽《くろあげは》が、すうっと青年の中国服の肩に吸いこまれて消えた。

雷光が、青年の苦痛に歪んだ顔を照らしだす。

銀ぶち眼鏡の下の目は閉じていたが、まぎれもなく青江である。

青江の周囲には、打ち返された夢の破片がキラキラと輝きながら舞っている。

夜の那智山に現れ、薫の首を落とそうとした青江は実体ではなく、夢の通い路を通りぬけてやってきた幻影だったのだ。

「た……くやさん……」

かすかな声で呟き、青江は激しく咳《せ》きこんだ。

赤黒い血が唇から流れだし、布団を濡《ぬ》らしていく。

薫に術を破られた衝撃は、決して小さなものではなかったのだろう。

薄く目を開いた青江は、弱々しく両手を上にさしあげた。

その瞳に映るものは、いったいなんだったのか。

「ちち……うえ……」

ふいに、青江の瞳から光が消え、両手がぽとりと落ちる。

目を閉じた半陽鬼の土気色の顔は闇のなかに沈み、見えなくなった。

＊　　　＊

熊野《くまの》での事件は、終わりを告げた。

逃げ去った石榴の行方は知れない。

熊野の鬼の隠れ里も、ひっそりと静まりかえっている。

石墨の作った呪具〈桂花〉は、筒井卓也と篠宮薫によって高木邸《たかぎ》で待つ篠宮透子のもとに届けられた。

透子の耳につけたとたん、耳飾りは淡く光って、少女の体内に吸いこまれていった。陰《いん》の気が鎮まり、落ち着くと、透子は安心したように眠りに落ちた。

〈藤切り〉で刺され、重傷を負った薫は引きつづき、筒井家に預けられたまま、熊野で療養することになった。

〈鬼使い〉の力を暴走させてしまった卓也もまた、数日、寝込んだ。

渡辺聖司《わたなべせいじ》は「やれやれ」と言いながら、枕《まくら》を並べて寝ている卓也と薫の看病をしてくれた。

筒井野武彦は、薫の枕もとで七曜会《しちようかい》復帰については前向きな返答をすると言った。

少年たちの夏は、静かに過ぎていく。

間もなく、薫の七曜会復帰を決める最終面接が東京で開かれることになっていた。

＊　　＊

東京に戻る前夜、薫は妹の部屋にいた。

着物姿の透子は、窓辺にもたれていた。

ようやく、昼間は卓也や不二子《ふじこ》と一緒に熊野の海や空港近くの動物園に出かけるようになったのだが、夜はまだ部屋に閉じこもっていることが多い。

薫は無言で、卓也が置いていった木のパズルをいじっている。

窓の外から、虫の音が聞こえてきた。

部屋の真ん中の座卓には、さっき聖司が持ってきた洋梨《ようなし》と桃が置かれている。

「ねえ、お兄ちゃん、卓也さんのところに行かなくていいの？」

ふと小首をかしげて、透子が尋ねる。

薫はパズルをいじる手を止めた。だが、何も答えない。

少しためらって、透子が言葉をつづける。

「こんなこと訊《き》いていいのかどうかわからないけれど……もしかして、お兄ちゃんは卓也さんの側《そば》に行くのが怖いの？」

「透子」

「……ごめんなさい。ちょっと不安になっただけ。……透子も本当に好きになったら、お兄ちゃんみたいになってしまうのかと思って……。透子も黒鉄さまのことを……」

透子は最後まで言わなかったが、薫には妹の言おうとした言葉がわかった。

「そうはならないだろう」

かすかに首をふって、呟く。

透子は、漆黒の目を見開いた。瞳の表情はまったく違うが、目もとの雰囲気は本当に薫とよく似ている。

「どうして?」

ささやくような声。

薫は、瞳だけで笑ってみせた。

そんな表情をすると、いつもの無愛想な雰囲気が別人のようにやわらかくなる。信頼しきっている卓也と妹にしか見せない顔だ。

「似ているから」

「誰に?　母さま?　母さまが父さまを食べなかったから?」

そうだと、薫はうなずく。

透子は、潤《うる》んだ瞳で兄をじっと見つめた。

今にも泣きだしそうな顔は、薫に幼い日々を思い出させる。

己を捨てた鬼の妻を憎むあまり、鬼の血をひく我が子をも憎んだ父とともに、小さな透子の手を引いて野山をさすらった何年もの時間。

気がつけば、いつも透子はこんな顔をしていた。

「だったら、お兄ちゃんも大丈夫よ。母さまの子ですもの。一生、大切に想ったまま、側で生きていけるわ」

優しい声が、そっとささやく。
その声は、亡《な》き母のそれにどこか似ている。
去年の戦いのなかで、羅刹王《らせつおう》の呪縛《じゅばく》から解き放たれ、虚空に散った母の魂魄《こんぱく》。
――かわいそうな子。
すべてを許し、慰撫《いぶ》し、消えていった優しい鬼の姫。
その一部は、たしかに目の前の少女のなかに受け継がれている。
薫は、深い眼差しで妹を見つめた。
護られるだけだった透子が、今、自分を励ましてくれているのが不思議だった。
「そうだろうか」
ポツリと呟いて、薫は妹に近づき、その肩に腕をまわした。
華奢《きゃしゃ》な着物の肩に顎《あご》をのせ、ぼんやりと窓の向こうに視線をむける。
透子の手が、そっと髪を撫《な》でてくれる。
「自分を信じて」
ささやく声に慰められながら、薫はふっと全身の緊張を解いた。
妹の優しい手と、卓也の陽《ひ》に焼けた手。どちらも大切で、失いたくないものだった。
この二つのものを護るために戦いつづけることは、つらくはなかった。
少なくとも、まだ、今は。

ややあって、薫は妹の背に軽く触れ、音もなく立ちあがった。

「卓也さんのところに行くの、お兄ちゃん?」

笑みを含んだ声で、透子が尋ねてくる。

薫はそれには答えず、廊下に滑りでた。後ろから「がんばって」という声がした。

＊　＊

めずらしく、涼しい夜だった。

浴衣姿の卓也は部屋の明かりもつけず、窓際にもたれていた。入浴したのは一時間ほど前だが、まだ湯の熱が肌に残っている。肩には、白いバスタオルを羽織っていた。

足もとには、座布団を枕にした藤丸《ふじまる》が転がっている。

(明日には東京か……)

新宿は、まだ残暑が厳しいだろうか。いろいろ、つらいこともあったが、熊野を去ると思うと、名残惜《なごりお》しい気もした。

その時、襖《ふすま》が音もなく開いた。

スーツ姿の影がすうっと入ってくる。

藤丸が少し頭をあげ、襖のほうを見る。

「あ……薫……。ごめん。暗くしてて」

「かまわん」

薫はボソリと言って、窓辺に近づいてきた。

ほのかな月明かりが、その端正な横顔を照らしだす。

何を想っているのだろう。いつもの薫よりも、気配が優しい。

二人と一体は、しばらく黙って熊野の夜空を見上げていた。

東京では決して見ることができない満天の星。

ぼうっと霞のように見えるのは、天の川だろうか。

卓也は、チラリと薫の横顔を見た。

「なあ……オレの側にいていいのか、薫？」

小さな声で尋ねると、薫が宝石のような漆黒の瞳をむけてきた。

その唇には、やわらかな笑みが浮かんでいた。

「側にいる」

ささやく声は、穏やかだ。

ほのかに藤の花の香りがしたようだった。

その香りを吸いこむと、胸が痛くなる。

「苦しい想いさせて、ごめんな……」

かまわんというような瞳が、卓也を見返す。

「オレも側にいて一緒に苦しむから……つらい時には逃げないでくれ。ぜんぶ、オレにぶつければいい……」

言いかけた唇をそっと指でふさがれ、腰に腕をまわされる。

藤丸が目を丸くして、そんな卓也と薫を見あげている。

卓也は少し狼狽《うろた》え、薫の腕から逃れようとした。

「薫、ダメだ。チビが見てる……」

美貌《びぼう》の半陽鬼は憮然とした表情になって、藤丸を見た。

雪白の指が卓也の肩からバスタオルをとり、藤丸の頭にふわっとかぶせる。式神はジタバタしているが、バスタオルは外れない。

やがて、バスタオルから顔を出した藤丸は不機嫌そうに薫を睨《にら》みあげ、ふっと姿を消した。

薫は、満足げに卓也を抱きよせた。吐息が肌にかかり、唇に唇があわさる。

(あ……)

言わなければいけないことがあるような気がした。

薫に喰《く》われた後、流されるかもしれない家族や薫自身の血のことや、石墨の手伝いをしていたあいだ、あきらかに自分を避けていたような薫のこと、そして、この先の二人のこと……。

だが、今は何もかも白く霞んで消えていく。

「愛……してる……」

薫のスーツの背に腕をまわし、ささやくと、耳もとに花びらのような唇が触れてきた。

「…………」

聞こえるか聞こえないかの声で、愛を誓う言葉。

鬼のそれではなく、人のそれで。

（薫……）

「七曜会に戻ったら……」

おまえが欲しいと目で語られ、卓也は全身がカーッと熱くなるのを感じた。

「返答は？」と催促するように、雪白の指が唇に触れてくる。

「バカ野郎……！　そういうことくらい、口で言え！」

恥ずかしまぎれに怒鳴ると、薫はめずらしく少し声をたてて笑った。

卓也は、思わず薫の笑顔に見惚《みほ》れた。

それから、ハッとして心のなかで首を横にふる。

（違う。見惚れてる場合じゃねえよ）

「笑って誤魔化すな」

卓也は両手で薫の髪をつかみ、ぐいと顔を引きよせた。

薫は笑みを納め、真顔になって、こちらの瞳をのぞきこんでくる。

やはり、口で言う気はないらしい。

卓也はムッとして、薫の目を軽く睨《にら》みかえした。

その時だった。

「抱きたい」

ボソッと妖艶《ようえん》な声がささやいた。

「薫……」

息を呑《の》んだ卓也の髪に、そっと薫の指が触れた。

返答を待つような沈黙がある。

（そんな……）

「卓也」

促《うなが》す声は、とろけそうに甘い。

卓也は目を伏せ、薫の胸のあたりを見つめた。漆黒の髪をつかむ指から力がぬける。

「いいよ……。東京に戻ったらな」

薫は、瞳だけで微笑んだようだった。

幸せそうな表情だ。

この顔を見るために戦ってきたし、これからも戦っていくのだろう。
愛しげな手が卓也の髪を撫で、肩を抱く。
卓也も薫のスーツの背に腕をまわした。
恋人たちは身をよせあったまま、熊野の夜空を見あげた。
暗い山の端に、冴え冴《さざ》えとした月がかかっていた。

〈参考図書〉

『陰陽五行と日本の民俗』（吉野裕子・人文書院）
『鬼の研究』（馬場あき子・ちくま文庫）
『現代こよみ読み解き事典』（岡田芳朗・阿久根末忠編著・柏書房）
『図説　憑物呪法全書』（豊嶋泰國・原書房）
『図説　日本呪術全書』（豊嶋泰國・原書房）
『図説　民俗探訪事典』（大島暁雄／佐藤良博ほか編・山川出版社）
『日本陰陽道史話』（村山修一・大阪書籍）

『鬼《き》の風水《ふうすい》』における用語の説明

鬼使《おにつか》い……鬼を使役神《しえきしん》として使う、人間の術者のこと。鬼を使役するには、人並み外れて強い霊力が要求される。そのため、〈鬼使い〉の秘術は、筒井家《つついけ》など一部の家系にしか伝わっていない。
鬼八卦《おにはっけ》……鬼にとっての風水を占う占術。鬼の血を引く者にしか習得できない。
鬼羅盤《おにらばん》……鬼八卦専用の呪具《じゅぐ》。
鬼道界《きどうかい》……鬼の世界。人間界と一部重なりあって存在する。人間界と鬼道界のあいだには〈障壁《しょうへき》〉と呼ばれる壁があり、相互の行き来を制限している。
桂花《けいか》……陰の気を鎮《しず》め、永い時間をかけて大地に還《かえ》す呪具。
七曜会《しちようかい》……日本における退魔関係者たちのトップに立つ団体。創設は、鎌倉《かまくら》時代末期。当時、散逸《さんいつ》しかけていた日本の退魔師たちの秘術を集約し、日本を鬼や邪悪な怨霊《おんりょう》から守ることを目的として創《つく》られた。以後、七百年近くにわたって、日本の退魔師たちを統《とう》括《かつ》してきた。現会長は、伊集院雪之介《いじゅういんゆきのすけ》。
退魔師《たいまし》……広い意味で、鬼や魔物を滅する術者のこと。
鳴神《なるかみ》……霊気や妖気を同調させ、本物そっくりの身代わりを作りだす呪具。
半陽鬼《はんようき》……鬼と人間のあいだに生まれた混血児のこと。『鬼の風水』の造語である。「鬼」

は陰《いん》の気が極まったものなので、陰の要素しか持っていない。これに半分、人間の血が混じると、半分が陰、半分が陽《よう》となる。そこで、半分だけ陽の気を持つ存在＝半陽鬼と考えた。

北辰門《ほくしんもん》……京都を中心として活動する陰陽師《おんみょうじ》、退魔師の組織。安倍晴明《あべのせいめい》の末裔《まつえい》である安倍家が代表を務める。

姫羅盤《ひめらばん》……鬼道界の巫女姫《みこひめ》の別称。大地の気を操《あやつ》り、思いのままに万象を動かす力を持つ生きた羅盤。その能力は、通常、母から娘へと受け継がれる。子を産むと、姫羅盤はその能力を失うという。

あとがき

はじめまして。そして、前の巻『鬼《き》の風水《ふうすい》』夏の章『双月―SOGETSU―』を読んでくださったかたには、こんにちは。お待たせしました。『鬼の風水』夏の章『鳴神―NARUKAMI―』をお届けします。

これは時系列的には『鬼の風水』シリーズ最終巻の三ヵ月後のお話になりますが、前のシリーズや二冊の外伝を飛ばして、ここから読んでいただいて大丈夫です。人物同士の関係や、以前のあらすじは簡単に説明してあります。夏に発売されました『双月―SOGETSU―』とあわせて読んでいただけると、よりわかりやすくなるかと思います。

今回の舞台は熊野《くまの》。主人公、筒井卓也《つついたくや》とその相棒の篠宮薫《しのみやかおる》が再会を果たして、さあ、これから先をどう生きていくか……というお話です。

時とともに人の心は変わります。けれども、鬼の心は変わりません。変わりゆく人の心と、変わらない鬼の心を同時に持つ半陽鬼《はんようき》はどんな未来を選択するのでしょうか。

これが最後の巻になるかもしれないと思って書きました。精一杯がんばりましたので、楽しんでいただけたら幸いです。

『双月―SOGETSU―』のご感想のこと。

外伝の『薫風―KUNPU―』と『比翼―HIYOKU―』から一年以上お待たせしたので、もう待ってくださるかたはいないんじゃないかとびくびくしておりましたが、暖かく迎えてくださってホッとしました。

一番多かったご感想は、「薫が無口になった」「本編の頃《ころ》の薫にだいぶ戻った」でありました。大事なことを何一つしゃべってくれないので、作者としては大変でしたが、無口な薫が好評でよかったと思っております。

そのうち、卓也と薫がもう少しラブラブになったら、「目だけで伝言ゲーム」をやってもらいたいと思っています。どこまで複雑なことが伝わるかなあ。

卓也が「今日、帰りにコンビニよってかねえ?」って目で話しかけても、薫はぜんぜん、わかってくれなそうですが。その挙げ句、路上でちゅーして「こうしてほしかったんじゃないのか?」と言いたげな目をしそうです。その後、派手に痴話喧嘩《ちわげんか》したりして。

青江《あおえ》に関しては、「何かやらかしてくれそう」「これで終わるのはもったいない」というご感想が多かったです。そのご期待に応《こた》えて、今回も暗躍しております。

あと、薫が猫っぽいというご意見もちらほら。おかしいなあ。藤の下に立つ哀しく美しい鬼のはずなんですが。もちろん、イモリや蟬《せみ》を卓也の枕もとに持ってきたりもしません。

ちなみに前回の「あとがき」に書きませんでしたが、「双月」というのは月と、水に映る月の影のことです。

いろいろとお知らせです。『鬼の風水』シリーズに引き続き、『降魔美少年』シリーズと『蘭の契り』シリーズも電子文庫化されました。こちらでダウンロードできます。

電子文庫パブリ　http://www.paburi.com/paburi/publisher/kd/index.shtml

電子文庫化された作品は、ＰＣやiPodなどのほかに携帯電話（ａｕ）で読むこともできます。

【EZweb】トップメニュー　∨カテゴリで探す　∨　電子書籍　∨総合（or　小説・文芸）

それから『少年花嫁《ブライド》』シリーズが、韓国で発売されることになりました。発売時期等、くわしいことがわかりましたら、私のＰＣ版ＨＰ「猫の風水」、携帯版ＨＰ「仔猫の風水」（excite 携帯ＨＰサービス終了につき、アドレス変わりました）でご報告しますね。アドレスは奥付の「著者紹介」のところをご覧ください。

そして、好評発売中のドラマCD『鬼の風水』シリーズですが、十一月十日に第四巻『鬼咲―KITAN―』が発売される予定です。ついに羅刹王《らせつおう》（速水《はやみ》奨《しょう》さん）登場です。こちらも、どうぞよろしくお願いいいたします。

さて、次回は今までと少し路線を変えて、お中華ふうの異世界を舞台にしたファンタジーを書かせていただこうかと思っております。

物語の始まりは、現代。この世界には悪逆非道の王、蓬莱王《ほうらいおう》と圧政に対して立ちあがった反乱軍の精神的支柱である巫子姫《みこひめ》の戦いをベースにした架空のゲーム『蓬莱伝』（仮）というものがあります。

――なああ、午前三時に対戦モードで『蓬莱伝』プレイしたら、霊が出るって噂《うわさ》知ってる？

思わぬことで『蓬莱伝』そっくりの異世界に紛れこんでしまった二人の現代の少年たち――高校一年生の小松千尋《こまつちひろ》と、その親友で幼なじみの尾崎櫂《おざきかい》。

少年たちは見知らぬ異世界で、それぞれ巫子姫と蓬莱王の役割を担わされ、対立する二つの陣営の先頭に立ち、敵同士として戦うこととなる……！

――櫂、帰ろう、オレたちの世界へ。巫子姫とか蓬莱王とか、オレたちには関係ねえじゃん。

——帰れない。民を見捨ててはいけない。
——だって、ゲームのなかの世界だぞ！　こんなの、現実じゃない！
——ゲームのなかの世界かどうか、わからない。それに、ゲームのなかだったとしても
この世界で切られれば傷がつくし、血も流れる。そして、現実の世界と同じように、死ん
だ人間とは二度と会えない。リセットもきかない。戦いのなかで傷つき、苦しむ人の心は
一緒だ。おまえは、それをゲームだからと切り捨てるのか、千尋？
——だって……オレの世界じゃねえ。オレたちの世界は、ここじゃないだろ!?
——でも、ここで必要とされている。……まあ、おまえがいなくなれば、反乱軍も気力
を失い、制圧しやすくなるだろうがな。
——蓬莱王として生きる気か？　現実の世界より、こっちの世界のほうがいいのか!?
オレと帰りたくねえのか、耀!?
——俺は蓬莱王、龍月季《りゅうげつき》。もう尾崎耀とは呼ぶな。
……こういうお話になる予定です。書いていくうちに、最初のプロットからどんどん変
わっていっちゃうわけですが。
ちなみに、小松千尋は日英のハーフで色白、栗色《くりいろ》の髪。異世界では巫子としての役割を
果たさねばならず、苦労します。
尾崎耀は黒髪、黒い瞳で純和風の外見。社長の息子で遊び人ですが、小さな頃から現状

に何か違和感を感じていて、「千尋の側《そば》にいると、なんだかしっくりくるんだよな」というのが口癖です。

他に、反乱軍のリーダーの屈強な兄貴とか、千尋を異世界に呼びよせた美形祭司とか、蓬莱王側の側近たちとか、いろいろ楽しいキャラを登場させようと思っています。お中華ふうの世界なので、大熊猫《パンダ》も出したいな（笑）。

異世界ファンタジーを書くのはデビュー作以来です。緊張しますが、楽しんでいただけるように精一杯がんばります。よろしければ、こちらもお手にとってみてくださいね。

『鬼の風水』秋の章は、お中華ファンタジーの後に書かせていただく予定です。

最後になりましたが、素敵なイラストを描いてくださった穂波《ほなみ》先生、本当にありがとうございます。青江、かっこよかったです。ドラマＣＤ『少年花嫁』シリーズの描き下ろしイラストも毎回、楽しみにしております。

そして、この本をお手にとってくださった、あなたに。

ありがとうございます。楽しんでいただけたら、うれしいです。

それでは、ご縁がありましたら、また新シリーズでお会いしましょう。

岡野麻里安《おかのまりあ》

岡野麻里安《おかのまりあ》先生の「鬼《き》の風水《ふうすい》　夏の章」『鳴神―NARUKAMI―』、いかがでしたか？
岡野麻里安先生、イラストの穂波《ほなみ》ゆきね先生への、みなさんのお便りをお待ちしております。
岡野麻里安先生へのファンレターのあて先
〒112-8001　東京都文京区音羽2-12-21　講談社　文芸X出版部「岡野麻里安先生」係
穂波ゆきね先生へのファンレターのあて先
〒112-8001　東京都文京区音羽2-12-21　講談社　文芸X出版部「穂波ゆきね先生」係

N.D.C.913　318p　15cm

岡野麻里安（おかの・まりあ）

講談社X文庫

10月13日生まれ。天秤座A型。
猫と紅茶と映画が好き。たまにやる気を出して茶道や香道を習うが、すぐに飽きる。次は着付けを習おうかと思っているが、思っているだけで終わりそうな気もする。
・PC版HP「猫の風水」
http://www003.upp.so-net.ne.jp/jewel_7/
・携帯版HP「仔猫の風水」
http://k.fc2.com/cgi-bin/hp.cgi/fusui8/
本書は『鬼《き》の風水《ふうすい》』夏の章第2弾となる。

white heart

鳴神《なるかみ》—NARUKAMI—　鬼《き》の風水《ふうすい》　夏《なつ》の章《しょう》

岡野麻里安《おかのまりあ》

●

2007年11月5日　第1刷発行

定価はカバーに表示してあります。

発行者——野間佐和子
発行所——株式会社　講談社
東京都文京区音羽2-12-21 〒112-8001
電話　編集部 03-5395-3507
販売部 03-5395-5817
業務部 03-5395-3615
本文印刷－豊国印刷株式会社
製本———株式会社千曲堂
カバー印刷－半七写真印刷工業株式会社
本文データ制作－講談社プリプレス制作部
デザイン－山口　馨

ISBN978-4-06-255998-0